i

imaginist

想象另一种可能

理
想
国

imaginist

大席宴

刘东明 著

中原出版传媒集团
中原传媒股份公司
河南文艺出版社

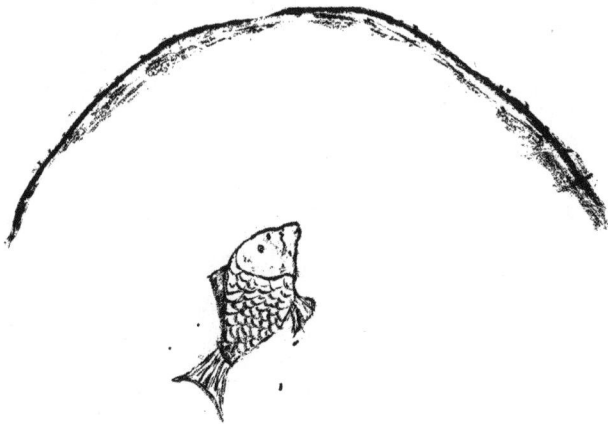

目 录

辑一 大席宴

003　大席宴

015　国际玩笑

023　城里的夏天

033　一绺白棉絮

043　特殊癖好

051　飘雪中的芭蕾

059　拉魂腔

067　黑雨

073　傻子大会

081　小黑河边

093　百万之死

099　幻觉

107　剥狗人

117　残狗阿明

121　一只将死的猪

127　半张脸

139　接机故事

辑二 边走边唱

151　春天的味道

157　烧饼的故事

165　炒鸡

171　喝羊汤

177　西北游小记三五事

185　从科尔沁到东北

193　岩头村的寂静之声

199　夜游外滩

201　像个小孩一样

207　并非一朵云

215　巡演路上的朋友

223　我们都是野孩子

227　边走边唱

231　卡拉永远 OK

237　快乐的摩托车

241　我和狗是朋友

249　远离这座城市

辑一

大席宴

大席宴

"灶王爷上天，大年就来到，小闺女戴花，小小子放炮，老太太有双臭裹脚。"哪里来的一群小孩子，兜里塞满了糖果，手上拿着鞭炮。从老人嘴里学来的童谣，终于在今天用在了对的日子里，他们一路蹦跶着，从这家门口窜到那家门口，身后炮仗声此起彼落。

腊月二十三是小年儿，不紧不慢地，天上飘起了雪花。按说是瑞雪兆丰年，可就在头天晚上，三爷刘真宽咽气了。夜已深，屋里的哭声显得更加悲伤，"呜呜呜"哭了小半个钟头，不知是老儿家的媳妇先开的腔："咱爹这是算准了日子才走的，明天灶王爷上天，爹是灶王爷转世呢。"话音未落，屋里又是一片哭声响起。

刘真宽未必能算准自己什么时候咽气，那不是他能力范围内的事。可他在卧床的日子里，早早就料理好了后事。膝下的四儿一女，都早已成家立业，生儿育女。虽没有大富大贵之人，但和和美美，知理明义，可谓孝子贤孙一群。要说遗憾，也有，就是四个儿子里没一个继承他的手艺，吃上这行饭。可转又一想，现在不是从前了，好手艺不一定吃好饭，还是各有天命吧。别的事，真还没多少再交代的，唯有这丧宴让弥留之际的三爷费了费脑子。

刘真宽，人们当面叫他三爷（在家行三），不守着面，大家都叫他厨子刘三。在过去的几十年间，从大刘庄往外算起，十里八乡，谁人不知哪个不识？十五岁那年，他跑到微山湖，跟着湖里的厨子当学徒，两年内没摸过一次勺，净是撒网捕鱼开膛破肚了。晚上别人都睡下，他就拿咸菜疙瘩练刀功，疙瘩丝切得一天比一天细。师父看着刘真宽勤快老实，破例在第三年就教他掌勺。

这第一道菜就是糖醋鲤鱼。鲁南地区不靠海，鱼的种类较少，而鲤鱼是微山湖里最受欢迎的鱼种，不论外形还是肉质都有优势。山东宴席上讲究一鸡二鱼（取吉庆有余的寓意），这鱼说的就是糖醋鲤鱼。这道菜有两个关键，一是过油炸鱼时的油温控制，二是糖醋汁的调制比例。最后勾入恰到好处的水淀粉，将汤汁浇在鱼身上，装在专门的鱼盘里，一道色泽艳丽的糖醋鲤鱼才算完成。

刘真宽聪慧，做菜学得也快。

早年间日子过得穷，肚子里没多少油，越没油就越馋，小孩子们就不用说了，有哪个大人敢说他们不是喝着糊涂粥惦记着肉呢。人们一年到头吃得最好的一顿，往往就是亲戚或邻里红白喜事上的大席菜。刘真宽记得很清楚，大席菜里的滑鱼片汤，也是跟着微山湖的师父学来的。

片好的鱼片不能残留鱼刺，厚薄要均匀。乌鱼最好，但是贵。普通百姓家设大席宴，成本是第一考虑的因素。因此，这道菜多用草鱼代替。草鱼在我们老家一带叫"厚子"，肉质比鲤鱼要滑嫩，适合做鱼片或者鱼丸类的菜，价格相对也便宜。片好的鱼片裹上淀粉，开锅氽熟，鸡蛋皮、黄瓜片、泡好的木耳，这是辅料，汤要酸，胡椒不能少放，最后出锅放芫荽。刘真宽躺在床上想，别看这道鱼片汤在大席上不算主菜，但很重要，酸辣开胃，宾客们喝下一碗热汤，才有食欲期待下一道菜。他把大儿子叫到跟前，问道："都提前安排了吗？

找几个膀大身宽有力气的端盘子。"

　　刘真宽让儿子安排的事，是他死后大席宴上端大盘的活儿。老人死后出殡那天，孝子孝孙们要跪棚，不能出来端盘子，端大盘的一般都是找本家晚辈或街坊年轻人。可那都是过去，现在红白事，从搭棚架锅、买菜做饭，到桌椅碗筷、端盘子洗碗，请的厨子一方全都包办了。只要肯花钱，这还是事嘛。不过三爷儿子嘴上什么都依他爹的，这最后的时刻，要让老爹走得顺当。到设宴时，一切外包，该花多少花多少，四个儿子均摊，谁也没有怨言。

　　最让三爷刘真宽头疼的是选厨子，他一辈子当大厨，伺候过不知多少场红白事，临到自己的事上，却不知道让谁来做饭了。要说手艺，隔壁庄的孙厨子是三爷最看得上的，那也是个走南闯北见过世面的人，就连广东的粤菜，孙厨子也做得有模有样。可他早就听说，孙厨子价码太高。除去大席上一切的物料成本，光工钱就要八百块。八百块啊，刘真宽最贵的席才收过主家六百元。这还是算上头天搭棚架锅，准备的一桌预席（预席在座的有第二天主事的大总管、村领导，还有本家当家的，大家尝过觉得满意，第二天就原封不动照做，万一有问题也好及时调整）。

　　三爷再往前想，八大碗、十大碗的时代，一个大席宴，主家给个百儿八十块，拿上四盒烟两瓶酒，大家不是都这样干过来的嘛。你孙厨子凭什么现在一天就要八百块的工钱，而且孙厨子不开预席，头天只搭棚，不做菜。三爷想，那就是说你手艺没得挑喽，谁敢说个不好？三爷的内心不待见孙厨子，其因是孙厨子的手艺和自己比起来，谁高谁低，还真不好论。三爷听了一辈子人家夸他的手艺好，他不想在自己的丧宴上，自己人最后夸的是别的厨子。

　　鲁南一带把丧宴叫喝"豆腐汤"，并没有实际的豆腐食材，白事嘛，豆腐是白色，就这么叫起来的。过去条件所限，宴席的规格就八个菜，俗称"八大碗"。里面的菜也不十分固定，但"先鸡后鱼"基本相同。鸡是芙蓉鸡，或者清蒸扒鸡，接下来有四喜丸子、滑丸子、滑鱼片汤、炒肉丝、炖酥肉、糖醋鲤鱼，最后是蒸肥肉膘子，这道菜十有八九的人不敢吃，连小孩子都躲得远远的，但爱它的人将它夹在筷子间，先欣赏一番再送入口中，大赞一句："肥而不腻，香！人间美味也。"

　　为什么喝"豆腐汤"却没有豆腐呢？大概因为豆腐

不值钱，山东人要面子，好不容易吃顿大席，就拣值钱的上了。一个好的大席宴厨子，主家指定待客的桌数和菜品规格后，他脑子里马上就能计算出要备出多少货来。猪肉多少斤、鱼多少条、鸡蛋多少、青菜多少、辣椒多少，明明白白的。备好货后，掌勺时绝对不会不够用，更不会剩下，造成浪费。

丧宴和婚宴在菜肴上并没有特别的不同。后来经济条件好了，宴席的规格也就上去了。"八大碗"改成了"十大碗"，加了羊肉火锅、牛肉火锅等。有的主家富裕，要求加一道"霸王别姬"，就是甲鱼炖鸡。丧宴和婚宴的区别在烟酒上。丧宴是亲朋来吊唁，吃饱为主，酒就象征性上一下，一般是一桌席一瓶白酒、两盒香烟。宾客把烟一散发，酒基本都不动，饭吃得也干脆利落，没有磨磨蹭蹭，酒喝个没完的，因为吃完大席，下午还要出殡呢。一桌换一桌，这拨没轮着的亲戚等着下一拨开席，等所有宾客都吃过大席，时间也差不多了。准备出殡了，鼓乐队音乐奏起，从《百鸟朝凤》到《潇洒走一回》，曲目应有尽有。领头的长子要摔火盆，据说是让死去的老人别在奈何桥上迷了路。然后一众人排着大队，浩浩荡荡往自家祖坟方向出发了。路上围满了看热闹的乡亲，孝子贤孙们还要行路祭，里面规矩很繁杂，儿子磕几个头、孙子磕几个、亲戚怎么磕，不能错了，否则闹笑话。有的儿子磕成孙子了，完蛋了。哭丧的时候孝子们要猫着腰拄着孝棍（一截很短的木棍子，据说这样设计是因为老人活着时他们尽孝不到，死后要加以惩罚），鼻涕拉得老长老长，还不能断，眼瞅着就奔拉到地上了，可稍微一吸溜又缩回去一截。如此反复，把围着看路祭的乡亲逗得直乐。这个拉鼻涕的本事也不是练就的，所以，谁的鼻涕长谁最有心，谁要鼻涕短或者没鼻涕，那肯定就是不孝顺。

婚宴上就不一样了，酒要敞开喝，主家管够。先上四瓶白酒，两瓶红葡萄酒，喝完了再上，或者去别的桌抢。烟是一桌一条，早些年"大鸡""红双喜"这都是婚宴上的常用烟，现在过时了，没钱的主家也得撑起面子上条"大中华"。过去农村办红白事，都是自家备大席用的菜肴，人穷就精打细算，生怕请的厨子在备料时克扣费用。洗碗刷盘子端大盘这些杂活，也都是自家亲戚来干，厨子带两个学徒只负责配菜做菜。现在都是一切外包，条件好的，就直接饭店里设宴了。虽说省去不少繁杂，但也没有了以前吃大席的热闹。

三爷刘真宽又对大儿子说："不是我舍不得东西，席上剩的就都扔了吧，折菜到底不卫生。"儿子点头说："爹，别操心了，我知道。""折菜"就是折在一起的剩菜。宾客吃完大席，残羹剩饭要统统倒在大锅里热开，由本家人用一口大缸装好拉出去，沿街的乡亲们都拿着大碗小碗蜂拥而来，这一顿不分亲朋好友，只要是附近的乡亲都可以索取。这都是穷日子闹的。山东有的农村到现在依然保持着大席宴过后分"折菜"的习俗。从穷苦日子过来的人很少有浪费粮食的行为，况且菜肴经过不断的加热，人们确实很难抵抗它的香味，所以对卫生问题也就没那么讲究了。

思前想后，最终，刘真宽决定到自己的丧宴时请小坞的张顺发来做大厨。张顺发是三爷的徒弟，"大八件""小八件"是他的拿手菜。刘真宽做菜更偏向改良后的淮扬菜，尽管头些年，他想把自己多年研究的这套菜系真传给张顺发。但张顺发是个务实的人，他觉得鲁南地区人的口味已经固化了，师父的淮扬菜虽然讲究，但未必适合这里人的口味。所以，他虽也学了几道淮扬大菜，但在外面谋生，他一直坚守自己的"大小八件"。

二十岁时，刘真宽跑到扬州，在一个饭店里做配菜员。大师傅看他会两下子，尤其是鱼做得好，觉得这个年轻人是个当厨子的料，便问他，有没有兴趣跟着自己学淮扬菜。刘真宽当即跪在了地上，他说："俺就是奔着这个来的。"三年后，刘真宽学艺有成，跪谢完恩师就回了山东老家。从那时起，他走乡串村，大小红白宴只要有机会他就接。人们觉得他的手艺新奇有口味，人也老实。慢慢厨子刘三的名声越叫越响。

"大八件"三十二道菜、"小八件"二十四道菜，在原来"八大碗"的基础上，又增加了很多食材，再不是以蒸菜为主。山珍野味、海鲜水产，这些东西早不是稀缺的物资，你能在电视上看见，就能在大席宴上吃到。

婚宴要喜庆，各式点心、糖果、干果、水果一应俱全。马来西亚的榴莲没人吃，那家媳妇说："我的个娘啊，这还没大粪好闻呢，谁会吃这个？"福建来的香蕉受欢迎："乖乖，这老大个儿，你看看啊二嫂，比俺二哥的家伙式还大吧？"大家哄堂大笑。主家大娘出来了，笑着说："你看看恁这帮人，没一个有正形的。"李家二嫂接茬："大娘唻，今天你得看好俺大爷，我看他眼睛就没从恁儿媳妇身上挪过窝。"

白事上又是另一番景象。出殡回来总算了了大事，没等主家吩咐，大厨就把"折菜"热好盛了好几份。也没外人，孝子们没来得及解麻绳脱孝服就围在了桌子前。除了大总管和本族的老人外，该散的也都散了。大儿媳妇说："那些随奉的账子簿就各家的朋友归各家吧，剩下亲戚的均分好了。"二媳妇说："那发丧的开支也均摊一下呗。"三媳妇插话了："话说得轻巧啊都，怎么伺候病号时见不着人。"小闺女急了："行了，都别说了，咱娘刚刚埋地里，你们就说这。"三个儿子吃了几口"折菜"，没一个搭话的。

眼瞅快到年根儿上了，刘真宽已没多少气力，他把儿子们叫过来嘱咐说："三天火化，隔天就发丧，大年间的，别给所有人添麻烦，发完丧照样过年。""爹，你说的啥话，没有影儿的事。"三爷又说："去小坞一趟，把恁顺发哥喊来。"

按照刘真宽的遗愿，腊月二十七，三爷下葬了，丧事一切从简。张顺发是大厨，带来了四个精干学徒帮工，没让刘家操一点心，他知道这是他应该做的事。因为从简，本来刘家要求用的"小八件"的规格已经足够了，但张顺发执意为师父最后献上齐全的"大八件"。他说："我的手艺比不了师父，老人家活着我不敢让他尝我这两下子，走了就让我尽尽孝吧。"这最后一道菜，张顺发竟上了一道大煮干丝。

三爷握着张顺发的手，语调缓慢微弱，以至于张顺发把半个脸几乎贴上去了。三爷说："我这个厨子做了一辈子大席宴，啥菜失过手？可就一道菜我做不好，就是大煮干丝。不是因为多难做，是我弄不明白，这么讲究的菜让人家做出来，咋看着就和一盘疙瘩丝一样简单呢。咱给弄反了，简单的日子都给活复杂了。这叫艺术啊，顺发……"

二〇二一年十一月十日晚

国际玩笑

"我当时给气坏了，何谓狗眼看人低？这就叫狗眼看人低。不就是觉得我们当兵的没钱吗？你别说，爷们儿其实真没钱，你想啊，我那时候在部队一个月的生活津贴二十五，一年下来满打满算三百块，谁有钱下饭店，这还是大饭店。不过爷们儿咽不下这口气，谁是最可爱的人？解放军啊，噢，打仗了我们上战场保你们，现在用不着爷们儿就给爷们儿使脸色，开国际玩笑。我当时二话没说就把刚领的年终津贴摔在了桌子上，都是崭新的票子，我拿菜单翻到最贵的菜，清炖甲鱼，八十块钱一只，我冲着那个小服务员说，来两只。"

"八十一只，那时候？"

"你以为呢？贵着呢，我当兵前也就吃过几回，甲鱼肉好吃，和鸡肉口感差不多，比鸡肉香。我那些战友一个个都不说话了，给感动了，你想啊，一帮穷当兵的在一块儿过了三年苦日子，哪吃过这玩意儿，这么大的雪都给冻坏了，来到饭店还没暖和过来又吃一肚子气。那小服务员这回老实了，服服帖帖把现炖的两只甲鱼给端了上来。你说这叫啥？这就叫贱，你要窝窝囊囊，他踩你鼻子上额喽，你要是有鼻子有脸，他叫你爹都愿意。"

"老四，你看你这兵当得多有味儿，还能吃上王八，奶奶的，我当兵时连王八蛋都没见过呢。"

众人都笑。

"三叔，你这呱拉得可真有水平，你那时候，你那时候要不去当兵，连西北风都喝不上呢，那是什么年代？国家领导都挨饿，开国际玩笑，当兵能管够饭已经不孬了。"

"那倒是不假。"

众人又笑。

"祥静，倒酒。今天的席是哪里的大厨？"

"三爷的徒弟，小坞街的张顺发。"

"哦，这手艺不管啊，糖醋鲤鱼我就叨了一筷子，什么啊，糖都熬老了，苦。还有这个氽白肉要做好了那是真好吃，叫'肥而不腻'。三爷活着的时候手艺最好了，要是赶上谁家发丧喝豆腐汤，他做的氽白肉我能吃四个馍馍，你看，这回自己走了吧，厨子倒不会好好熬这道菜了。来，喝起这个，今门儿三爷是喜丧，我也不常回来，爷们儿几个碰一次不容易，多喝两杯。"

"四哥，你走南闯北的见识多，不学我们在农村蹲着，你给我们拉拉，还有什么好玩儿的？"

"祥静，天底下最好玩儿的是小娘们儿，这玉田哥比我有经验，你去问问他啊。"

众人大笑。

"滚你蛋老四，拉正经的。你们别跟着掺和。"

"给你们拉个最近的事，绝了。我上个月刚从东北回来，车一过沈阳上来个小青年就坐我旁边，看着吧，顶多二十出头，文质彬彬的。中午到了吃饭的点儿，他还从包里拿出来带的饭菜，可客气了，非要给我两块炸带鱼，我哪能吃别人的东西，正好卖饭的过来，我赶紧花五块钱买了一盒。"

"火车上饭论盒卖吗？"

"论盒。三叔你别打岔。那是班慢车，人又多还站站停，一咣当一咣当的。吃完中午饭我困劲儿就上来了，想趴小桌板上睡会儿。你们知道火车上有小桌板吗？"

"知道，知道，没坐过火车，电视上还没见过啊，这呱拉的。"

"行，知道就行。我想趴桌板上睡会儿，可让对面一个女的给占了，她歪个脖子趴那儿睡，动都不动，也不知道那个脖子怎么受得了。没办法，我就只能倚到座位上耷拉个头眯瞪会儿。不知道过了多长时间，好像也就是将将眯瞪着，就觉着有人碰我的裤子，我当时穿的是个带里子的西服，敞着怀，那个内兜正好能露出来。我那个困劲没过去，迷迷糊糊地感觉这是在做梦呢还是真事啊，突然间一个激灵就醒了。我一摸口袋，完了，钱包没有了。"

"我的乖，碰见小偷了啊？"

"你们接着听我说呀。我心里明白，肯定是那个小青年的事，他看见我醒了也不吱声，也闭起眼来装睡觉。你说按我以前的脾气还揍不死他啊，开国际玩笑。不过我没动手，你们猜我怎么着了？"

"怎么着了啊？"

"我趁着车没到站，赶紧问旁边一个画画的小孩借了笔又要了张纸。"

"你要纸写什么啊？"

"我写道：'兄弟，我知道钱包在你那里，但我怎么看你也不像个惯犯，想必是碰到什么难事才出此下策的吧。我本来可以当面质问你，甚至以我的身手揪着打你一顿也不在话下，不过凭你上车时对我的客气，我不忍心打你，还有，如果我声张出来，惊动了列车员抓你回去，你更后悔莫及。都是出来闯荡的，谁都会碰上难关，今天碰到我算你走运，钱包我当丢了，里面的钱我一分不要了，就当交个朋友，但我也奉劝你一句，以后再也别干这种事情了，找个正经事，钱总会挣到的。'"

"老四，你可真大方，两百块钱你都不要了？要我肯定喊列车员停车，下去报警啊。"

"报什么警？谁管你。我写完纸条看他一眼，顺手就递给了他，然后接着睡我的觉，没过一会儿我真又睡着了，我是真困了，睡得那个香，迷迷瞪瞪迷迷瞪瞪我就感觉褂子又被人碰了一下，这回我心想反正口袋里啥都没有了，爱谁偷谁偷吧，爷们儿睡觉要紧。"

"你心可够宽的啊，钱偷没了还睡这么香。"

"那可不！爷们儿什么没见过，不就是让人偷了嘛。我都不知道睡了多长时间才醒过来，一看旁边的座位换了个老头子，小青年早不见了，连刚才对面的人也不知道什么时候下的车，你看我睡得是有多香吧。我就这么随便往口袋一摸，鼓鼓囊囊的，拿出来一看，是我的钱包。"

"啊！"

"啊！"

"啊！"

"四哥，怎么回事？钱包没让人偷啊！"

"祥静，你是真憨假憨，我说半天你听什么来？什么没让人偷，是那个小青年把钱包给我还回来了。你们猜然后怎么了？"

"怎么了？"

"我打开钱包一看，一分钱没少，还多了两百块钱，这不是开国际玩笑吗？"

"老四，你哄我们的吧？"

"说瞎话死全家，你不信拉倒呀，三叔。崭新的四张五十，给我单放到钱包另一层了，加上我原来的一共四百来块。还有更绝的呢，他也给我留了个条夹在钱包里。"

"上面写的什么？"

"上面写道：'这位大哥，小弟我有眼不识泰山，今天让我见识到了真正的好汉。没想到当今社会还能有像您这样不为钱财的侠义之人，兄弟这条路走错了，今后定痛改前非重新做人，也希望您大人不记小人过，这两百块钱是小弟我的一点心意，不成敬意，还请笑纳。如果您觉得我的钱脏不愿意花，那看到哪个困难的人需要就给他们吧，也当我做件好事。'一个字不少，我看了一遍就背下来了。"

"老四你发财了啊！奶奶的，两百块钱就这么挣了。"

"三叔，就你不会拉呱，什么就叫挣钱了？你这比喻不对，这叫塞翁撕马，再说了，我是贪钱的人吗？开国际玩笑，一下火车我就把那两百块钱给一个要饭的老头儿了。"

"谁撕马？"

二

三爷刘真宽小年儿头天夜里去世了。听说前几天夜里睡觉掉下了床，隔两天就咽气了。今门儿发丧，我看四哥也回来喝豆腐汤了，他见得多，拉呱有意思，一会儿吃大席听他好好拉拉。

二〇一九年一月五日

城里的夏天

　　余江生在女儿住的小区隔壁买了一幢六十平方米的二手房，六十八岁的他成了城里人。电梯开了，一个送外卖的骑手走了出来，电梯变成下行，余江生两腿迈进去按了关门键。启动的时候，他听到外面的骑手说："大爷，1603是哪个门啊？"现在的人啊，吃个早饭也要叫外卖，1603反正不是我家。电梯广告在播六个核桃，"只有狂烧脑，才能点亮自己"。刚下了一层又停了，上来一男一女，看样子是一对小夫妻，女的抱怨怎么电梯等了这么久，仿佛是在责怪余江生。男的没吱声，汗珠从他的额头滴落，正巧落在了男人自己的皮鞋头上。余江生看到这一幕，把脸侧向一边。

　　小区叫"巴黎的夏天"，余江生没去过巴黎，他不知道巴黎的夏天有多热，可城里的夏天实在是热得人难受。他喜欢乡下的家，夏天时老伴儿会熬酸梅汤，余江生在自己私建的二楼小阳台上摇着蒲扇，喝一口冷凉的酸梅汤，三伏天都是这么过来的。现在才是六月初，已经持续一周三十八度了，老伴儿走后没人熬酸梅汤了，想到这里余江生心里有点悲凉。

余江生打算去小区旁边的花鸟市场逛一逛，前两天买的几盆花草生了虫子，他要再去买点驱虫药。买完驱虫药还要去菜市场，今天是周五，幼儿园三点钟就下课了。他想买点小龙虾，外孙喜欢吃蛋黄焗小龙虾，晚饭他要去女儿家把小家伙接过来。小龙虾有什么好吃的呢，新闻上说外国人都不吃。不过外国人好像这不吃那不吃的，美国的河里鲤鱼泛滥、丹麦海里生蚝成灾，都是没挨过饿。一九五九年就是河里的小鱼小虾救了余江生一家的命，听说在贫瘠的北方，好多人连树皮都啃光了。昨天他让保安小李给他手机上安装了一个教做菜的软件，五花八门的菜应有尽有，现在的孩子嘴太刁，为了让小外孙开心他决定先当个业余厨子。

保安小李离老远就打招呼，小李是山东潍坊人，余江生还没退休时去过潍坊，被当地人的招待吓着了。白酒一干就是一整杯，喝起来没完没了的，一桌菜还没来得及吃，他就喝多了，想想就好笑。"小李，早饭又是煮的挂面吗？"每回余江生问起小李，小李总是说自己煮的挂面。在得到肯定的答复后，余江生点点头走过去。已经连着三天了，余江生早饭也是煮的挂面，用小葱炝了锅，每次都加了一个荷包蛋在里面。

小区门口多了一条横幅，抬脸看去，上面是原来的"铲除黑恶势力、弘扬民族正气"，下面加了一幅："祝贺本小区业主佟鑫亮先生、王亚菲女士新婚大喜！"他想起年轻时，父母反对他的婚姻，因为他对象是在插队时谈的山里女人。余江生离家单过，硬着头皮把婚结了。第二年老婆生下孩子，他母亲一看是个闺女，头也没回就走了。为此余江生和家里决裂，一直到他父母去世都没有和解。以后每一个喜悦日子背后，他心里都有一股说不出的痛。因此女儿长大成家时，虽然余江生和老伴儿内心里对女婿也不是特别满意，但老两口从来没表达过此意。日子总归是别人过，这个理儿他最明白。

余江生看看手表，才八点过五分。他手上戴的手表是块欧米茄，当然不是自己买的，那是他退休后徒弟送的，徒弟也不是自己买的，是别人送的，可他不敢戴。

余江生当了半辈子医生，也看了半辈子手表，这些年退休后才对时间没了概念。自从徒弟送了块欧米茄，他每天起床后就会戴上它，时间长了竟然又养成了看表的习惯。余江生的女儿看了半天也看不出来表是不是冒牌货。

快到花鸟市场的路口有一坨狗屎，不知又是哪个没公德的人遛狗时留下的。余江生以前在乡下也养过一条腊肠狗，那条狗活了十五年，最后老得走不动了，他和老伴儿把狗放在盆里端着去外面拉尿。在乡下从来见不到路上有狗屎，来到城里却都是遛狗不铲屎的人，这些人就像狗屎一样让他讨厌。年轻时他也养过宠物，不过不是什么小狗小猫。刚去插队那年，有一天余江生从山上回来，一只小松鼠就蹲在他住的院子里，他喂它玉米粒，喂完它就不走了。小松鼠学会了钻口袋，余江生的绿军装口袋里总有个小脑袋冒出来。不管走到哪里他都带着小松鼠，干活时、吃饭时，就连睡觉的时候小松鼠也在他被窝里。那年中秋知青们聚餐，余江生贪喝了两杯烧酒，晚上睡着翻身把小松鼠压死了。他把这个故事讲给外孙听，外孙张大嘴看他，小家伙说阿爹骗人，在经过余江生真诚地说明此事绝非虚构后，小家伙哇啦一声吓哭了。女儿义正词严批评了父亲，怎么可以给小孩子讲这么血腥的事情呢。余江生心想自己当了大半辈子医生，人死在手里都没怕过，何况一只松鼠。外孙的胆子真的小了点，这点没有遗传到他的基因。

余江生在花鸟市场买了一瓶驱虫药，绿色透明的液体，像风油精。他又想起了老伴儿，老伴儿活着时有偏头疼病，每次疼得厉害就拿风油精涂在太阳穴上揉，清凉一会儿，疼痛似乎也减轻一点儿。作为一个医生，他为一直没有找到老伴儿的病根儿而内疚。余江生是学西医出身，他不相信中医大夫，很多人让他给老伴儿抓点中药或偏方试试，都被他拒绝了。老伴儿去世后他有点后悔，他想也许自己真的有些固执了。

从花鸟市场出来路过一家理发店，店门向外开着，天太热了，正好剪个头凉快凉快。理发店的小老板睡眼惺忪玩着手机，手机里放着吵闹的歌曲。"理发？""理发。""洗一下。"余江生脸朝上躺在洗头的沙发上。水温刚好，泡沫清香四溢，小老板的指甲在他头发里抓弄，有点痒但很舒服。"剪短一点？""嗯，短一点。"余江生的头发已经接近全白，里面掺杂着稀疏的黑发。小老板的手机里还在放着歌，他听不明白现在的音乐，都是一个调，哪像当年的苏联歌曲那样凄美那么悠扬。"麻烦你剪光了吧。"电推子噜噜噜，他看着镜子中自己的光头，感觉还不错。

水果铺门口一个妇女正在和店员吵架。

"强买强卖啊你们！"

"谁强买谁强卖？你白吃啊！"

"你才白痴，你骂谁！"

"谁骂你了，谁让你白吃东西！"

"牙都被酸掉了，你卖的什么水果！"

"哪个酸了？怎么就你吃的酸？这么大人说谎好意思吗！"

"你才说谎，你们黑心商贩，不要脸！"

"你才不要脸，贪便宜白吃！"

余江生理了光头，觉得身体都轻盈了些。往前走没多远是个乐器店，可能是时间尚早，乐器店还没有开门。就在几天前女儿给自己买了把葫芦丝，没事让他解解闷儿。他一个人关在屋子里学《枉凝眉》，看不懂谱子就在手机上听着学，越吹越觉得凄凉。他想，女儿一定是在这家乐器店里买的葫芦丝。插队时有一个上海的知青宋伟，会吹口琴，忙闲时他就拿口琴给大家解闷儿。有一年冬天山里下了大雪，余江生和几个知青去山上拾柴，回来走错方向迷了路，天也渐渐黑了下来，大家只能生起火围在一起等天亮。宋伟拿出口琴吹了一曲《喀秋莎》，忧伤的旋律覆盖了山林，大家情绪被音乐感染了，都在默默流泪。一曲终了又是一曲，连当初批评宋伟吹口琴的知青干部也低头哭了起来。后来老乡们打着火把找到他们，不然这帮知青还不冻死在山里面啊。后来，渐渐地很多人都动摇了当初来时的雄心壮志，什么时候才是个头呢。余江生继续往前走，突然想起手里的塑料袋不见了，驱虫药忘在理发店了。

折回去。水果铺门口围了不少人，还在吵：

"你不要脸，贪便宜白吃！"

"你们黑店，我举报你们！"

拿回驱虫药后，余江生决定走另外一条路绕过水果铺。在同心药房门口余江生被一个人叫住了。"余叔"，原来是小孟。小孟叫孟时飞，也是柳溪人，少年时是镇上的小混混，把谁都不放在眼里。余江生行医闲的时候爱习武，学了一套八卦拳，没事就在家附近的坝上比画。小孟一帮混混知道他有两下子，对他倒是挺尊敬。女儿上中学的时候余江生还专门委托过他照应。有一年，柳溪镇的书记被几个人围堵，对方拿着刀子，恰巧被小孟碰上，他打跑了那些人，身上也被刺了两刀。人没死，从此时来运转，一点点飞黄腾达起来。小孟的名字起得好，时间到了就展翅高飞。当然，孟时飞不简单，路有人铺，步子还得自己走，他可不是一个没脑子的瞎混混，现在孟时飞是柳溪的首富。余江生请他到现在的家里坐坐，可人家有事在身，寒暄了几句便匆匆告别。

路过那家棋牌室的时候余江生发现卷帘门上贴着"此房出租"的字条。上周他还在这里玩过，那天是三吃一，老贾从坐下来就点炮，一下午没开和。老贾五岁的外孙女得了白血病，在杭州一家医院治了半年多还是没救回来。他偶尔来棋牌室摸上四圈，在抓牌和出牌中假装忘记忧伤。

"你们知道基因性白血病吗？大夫说我女儿和女婿各自的 DNA 都没问题，可是结合在一起就出了毛病。"

"孩子没了，别多想了，还得过呢。"余江生安慰老贾。

"他们两口子打算离。九万。"

"老贾，今天差不多得了，你又点了。"

"唉……"

让余江生弄不明白的是，棋牌室怎么说关就关了呢。

街角有个公共卫生间，余江生走进去，他在小便池跟前站了半分钟才尿出来一些，有几滴不小心又滴在了裤子上。早上出门时好像又忘记吃前列康了。洗手池的水是温热的，放了一会儿凉了些，他索性在脸上也抹了两把。这个公共卫生间真好，没有一丝异味，还燃着沉香。刚搬到"巴黎的夏天"时，卫生间的马桶时不时就往上返臭味，余江生找了好几次物业才等到人上门来维修，工人说要加装一个接口，他同意了，工人又说一个不行，还要再加一个拐接口，他还是同意了。最后花了余江生四百块，外加一罐给外孙买的可口可乐。一九六八年余江生第一次离开家乡到了千里之外的山区，正是因为帮着老乡家里修旱厕才结识了邱红梅。那年冬天的山里特别冷，这个日后和他相依为命几十年的女人变成了一颗红太阳，温暖地照耀在他心里，让世间其他的一切事物都失色了几分。解完手出来，头顶的太阳是毒辣的。

　　没有一丝风，刚才洗脸时的清爽，瞬间就退去了。阳光照射在余江生的光头上，有点眩晕，眼前似乎出现了重影，他抬起手掌看了看，还好是五个指头。他再次看看手表，刚好九点。前方，一个胖老伯拉着买菜的小车正颤颤巍巍走过来，他昨天也碰见他了，前天也是；

老伯穿着和昨天一样的白色汗衫，或许是灰色的，裤子是条灯笼裤，不，应该是到膝盖下面的大短裤；只不过昨天他还没有那么胖，走起路来也大步流星般潇洒。他望向胖老伯，他的头发花白了，里面掺杂着稀疏的黑发。胖老伯也望向他，两个人同时点头示意，一起抬起右手打招呼。可他是谁啊，对啊，他又是谁呢？

　　他想，得赶紧去菜场了，再晚菜场里好的菜就被人挑走了。

二〇一九年六月十九日

一绺白棉絮

　　我在湖㳇镇找了一个农家小院儿，院子后面是山，出门右拐不远处就有小桥流水，到处郁郁葱葱，景色宜人，客栈的价格还算合理，我决定就住这家了。除了茶叶，湖㳇还是生长竹子的好地方，现在正是吃春笋的季节，中饭我让客栈老板娘做了竹笋烧肉，满满一大碗饭吃得一粒不剩。今天的太阳很好，吃过中饭，我坐在后院泡了一壶宜兴红茶，感受着阳光和山气的融合。

　　这次来乡下小住，我的理由是找灵感。老友周云蓬为盲童做的公益唱片《红色推土机》向我邀了一首歌，我苦苦熬了半个月也没写出来，刚好宜兴的朋友老焦电话约我来喝新茶，想想最近也没什么其他要紧事，便一口答应了下来，喝茶写歌，一举两得。我没告诉老焦今天到，他知道我自己找了客栈，先是在电话里骂了我一顿，然后又问清了我所在的详细位置，让我先好好休息下，晚上六点来接我去吃晚饭。他说话口音很重，有时候我还在使劲理解着上一句的意思，他下句已经说完了。我决定先出去逛逛，如此美丽的小镇，岂有待在院子里浪费时间的道理。

晃晃悠悠出来村子就到了马路上，路面很宽，来往的人和车不多，也很干净。往前走没多远来到一个大院子前，上面挂着"竹海公园"的牌匾，门口设有售票处，我一下子便没了兴趣。刚要走开，一个大姐冲我说，吃碗豆花吧。是个推着车卖豆花的当地妇女，豆花车旁边支了两张矮矮小小的木桌，几个小马扎摆在木桌周围，没有客人。我冲她摇摇头，她又说，很好吃的，不骗人。换平时我就走开了，可转念一想，不就是出来玩的嘛，吃一口尝尝也是一种玩，于是便要了一碗咸豆花。我讨厌坐在马扎上吃东西，一点都不科学。端起豆花，没想到我一口没剩，真的很好吃，甚至后悔午饭吃得太多，不然我可以再来一碗。我向卖豆花的大姐打听了崇恩寺，她告诉我大概三里路。不算远。

游览崇恩寺的部分我决定略去不说，总之不是很好，可以说有点失望。如此华贵雄壮、富丽堂皇，和周围的磬山竹海实在是不搭。看看表接近四点，往回走。一条小路把我带到大片竹林前，曲径通幽，优哉游哉。阳光似剑从天空插入竹林的缝隙里，我走在竹林中，像走在古代一样。竹子边上有很多竹笋，周围无人，我想要不要偷偷摘一棵走呢？人总是有赶不走的贪欲。这时耳边有琴声传来，是幻听吧，经常戴耳机听音乐的坏处就是偶尔会出现幻听。继续走，琴声又出现了，我停住脚步张了张耳朵，没错，真真实实的声音，好像就在前方不远处。我边走边四处寻看，琴声断断续续，不过，随着我的前行琴声也变得越来越清晰，我沿着林中小路拐过一个弯，终于看到了前方不远处的两个人。

那是一男一女两位迟暮老人，仔细一看我才反应过来，哪里是什么琴声，明明是两个老人在那里弹棉花。竹林中怎么还会有人弹棉花呢？那个老头儿看上去有七十岁了，背驼得很厉害，身后系着一根高出他两头的弓子，他拿个木锤不时敲打弓上的弦，那"琴声"便传了出来，棉絮也跟着飞了起来。再看那位老婆婆，一头白发，她坐在棉车前，双手抱个磨盘，眯缝着两眼磨来磨去。有一绺棉絮恰好飞到了老婆婆白头发上，从我的角度看过去，特别像一片没有融化的雪花落在了一堆雪上面，很好看。两位老人也发现了我，同时停下了手中的活儿。老婆婆脸上带着微笑，眼睛依然眯缝着。老头儿看看我，点了点头，他驼着背，头就往前佝偻，所以点头的样子有点滑稽。我忙上前问道，大爷大妈怎么在竹林里弹棉花啊？老婆婆看我一眼又看向老头儿，那意思好像在说，还是你回答吧。果然，老头儿慢条斯理地说，噢，家不远，等女儿和儿子回家呢，这里干活不闹心。我也"噢"地回了一声，好像听明白也好像没明白，想再说点啥，一时又想不起来要说什么。两位老人似乎也不想再理我，拿起手中的家伙又忙了起来，老头儿继续敲打起他的弓子，"琴声"又传了出来。我冲他们招招手点点头就离开了，离去的路上我又回头看他俩，可两位老人始终没再瞧过我一眼，只有那弓子上的弦声一下下像是对我的送别。

晚宴老焦做东，又约了他当地几位喜爱音乐的老友，美酒佳肴相谈甚欢。我心情很好多喝了几杯，想起竹林中的弹棉花老人，于是就把遇见他们的事说给老焦听，顺便问问这二位老人的来龙去脉。谁知道大家被我问了个愣，老焦说是我开玩笑，我忙辩解，开哪门子玩笑。老焦半天没说话，一会儿又自言自语，本来他的普通话我听起来就费劲，现在叽叽歪歪的我更听不清。我说你叽歪什么呢？老焦拿过来一瓶老酒，给大家都倒满，他自己一口干了。我看见他双眼炯炯有神，他说，我讲个故事，说的是我小时候邻居家里的事情，你就当下酒菜听着玩。

　　一九六〇年，刘清江和王慧琳从江苏省宿迁市泗阳县的北刘集村私奔了。刘清江在当兵前就和王慧琳恋爱了，双方家人也都默许了这门亲事，本等刘清江退伍后就完婚。可刘清江入伍的第二年，在一次和地方流氓的打架事件中把人给打死了。公安部门无权逮捕军人，他被押回部队审判，幸亏死的流氓没家人，无人追究，部队也没把他判刑，他被开除了军籍。刘清江半途回来，又变成了个杀人犯，王慧琳的家人就不同意闺女嫁给他了。可两个年轻人倒是情投意合，一个静谧的夜晚，两人逃离了家乡。他们从苏北跑到了苏南，来到了湖汊。刘清江的爹是给别人弹棉花的，他从小就看会了这门手艺，于是两个人在湖汊生活了下来，平常就靠给人家弹棉花维持生计。一晃就过去了五年，小两口虽然挣不了几个钱，但日子倒也能过下去，媳妇眼皮子活泛，每年入冬前，她就张罗街坊四邻把家里的棉被拿来，两口子重新给人家弹上一遍，还不收钱，时间长了周围人对这两个外来户也就好了起来。唯有一件事让这两口子不顺心，那就是一直要不上孩子。他们看了无数大夫，吃遍了各种药，始终无果，再后来两人放弃了生孩子的念头，经邻居托其远房的亲戚抱来一个女娃。刘清江和王慧琳拿这个女娃当自己亲生闺女一样拉扯，给她起名叫小花。小花长到五岁那年，灾难来临了，一条野狗把在街上独自玩耍的小花给咬死了。被人发现的时候，小花的肠子淌了半条街，惨不忍睹。刘清江拿着从街上捡起的木棍追上了那条野狗，把它打成了肉泥。王慧琳哭死过去了好几回，眼看也要不行了，送到医院一检查，她竟然怀孕了。

一九八八年，刘文中以全市第一的成绩考入北京师范大学，这个被所有人羡慕的学生来自一个贫困的家庭。父母每天走街串巷给人家弹棉花，刘文中活到十八岁没穿过几件像样的衣服，可他并不羡慕那些家庭条件好的同学，每当他看到驼背的父亲和已白了头的母亲推着棉花车出门，刘文中心里无比难受。他发誓要出人头地，让父母以后享清福。儿子在刘清江和王慧琳的心里一直是最大的骄傲，也是他们活下去的动力。他们没有本事，只能弹棉花，为了多挣一点点钱，晚上收工回来的王慧琳还要替别人织毛衣。他们要把儿子送到最好的学校，让他将来过最好的日子。

次年中旬，不幸再次降临到这个家庭，刘文中死了。警察找到刘文中的父母，告诉他们刘文中参与了非法组织聚众闹事，在街上被其他流氓打死了，遗体也已经火化。犹如五雷轰顶，王慧琳一头栽倒过去，刘清江呆呆站在警察面前，媳妇倒在地上，他半天也没有反应过来。刘清江要求去北京，被当地警察严肃制止了，他们说他儿子是罪犯，本来也是要抓捕的对象。从那一刻起，谁也没有再听到王慧琳说过一句话，就连医院的大夫也问不出来一句。那些日子这两口子是怎么过来的，镇上很多邻居都看在眼里。过了半年多，刘清江一个人回到泗阳看望了已经年过七旬的老娘，这些年他两口子回来的次数并不多，虽然到苏北也就几百里，可来回总要花一些钱，他们是能省就省了。这回不用省了，刘清江给老娘留了两千块钱，第二天一早就动身回了湖汊。

清明将至，湖汊的春茶已经发芽，漫山遍野绿油油的，这正是吃春笋的季节，刘清江烧得一手好菜，尤其是红烧笋块，那是儿子最爱吃的一道菜。王慧琳的头发已经全白了，连一根黑发也找不到。这些天她的精神好了些，中午太阳好的时候她会坐在院子里晒一晒，就那样晒着太阳发发呆，有时候嘴角还会露出笑意。刘清江也不追问他老婆，已经过去快一年了，他似乎早就习惯了老婆的沉默。午饭刘清江做了他一早就去集市上买的白鱼、土豆炖猪肉，还有王慧琳最爱吃的白灼虾、韭黄鸡蛋，最后还有一盘红烧笋块，像过年一样丰盛。他准备了四副碗筷摆在桌上，又倒了两杯老酒，给王慧琳端过去一杯，他说，喝吧，一年也喝不了几次。刘清江往老婆碗里夹了些菜，继续说，我知道你心里难受，是啊，我也难受，不说话就不说话吧。刘清江自己又喝了一杯老酒，他说，文中这孩子怎么会是罪犯呢，真是笑话。这是报应，当年我在街上把人家打死了，这是我的报应，可不该连累你啊，我连累了你一辈子，从年轻时候就开始。文中妈，吃吧，开开心心吃，吃完咱们一家人就团圆了。王慧琳嘴角露出一丝笑意，她端起了面前的饭碗。

　　刘清江和王慧琳的尸体第二天在磬山下崇恩寺旁的竹林里被发现，据采摘竹笋的农民说，发现他们时两人背靠竹子相依而坐，刘清江还拉着老婆的手。法医鉴定两个人是中毒而死，毒素在前一天的饭菜里被提取了出来，警察没有在两人身上和家里找到有价值的线索，推定是自杀。他们家屋子里有一堆东西用很大的白布盖着，掀开一看，只是架弹棉花的棉车和工具。不久后，邻居把这些家伙式也拿到他俩自杀的竹林里烧了。湖汊镇再也没有见到过走街串巷弹棉花的生意人来过，随着后来的发展，这个行业也就没落了。不过有件很奇怪的事情发生过几次，湖汊镇那几年春天街上刮柳絮，有次飘到一个小孩子的眼皮上，妈妈替儿子捏下来一看，妈呀，哪里是柳絮，是一绺棉花。人们发现夹在春天的柳絮里总有几绺棉絮，忽忽悠悠忽忽悠悠就飘走了……

二〇一七年三月三十日

特殊癖好

　　微信群里廖海蹦了出来。我们有一个群，名字叫"时不时吃喝"，群里总共四个人，廖海、老胡、小芝麻、我。大家认为四个人是一个饭局最恰当的人数，多了闹腾，少了没话说。

　　廖海在群里说：时不时吃喝群已经不吃不喝很久了，出来喝一杯吧。

　　没过半分钟老胡就发过来一个位置，显示是湖北荆州。老胡说：我在荆州龙虾基地呢，你们吃好喝好！老胡开饭店，特色是做龙虾，他自己研发的"胡来龙虾"，很受这个小城里一些吃客的欢迎。老胡赚了钱倒不胡来，没事就爱练瑜伽。

　　然后是小芝麻，她回：我在加班。小芝麻是景谣的微信名字，她脸上有雀斑，所以叫小芝麻，是我们群唯一的女性代表。

这两个月我老婆住在娘家，我下了班都是在小区边上拉面馆吃完回来，今天也是。我在群里提议，要不等老胡从湖北回来再聚吧。

过了几分钟廖海发了一行字：我心情不好，在小长兴，你们随意吧。"小长兴"是我们经常去的一家饭馆。我再追问廖海出了什么事，他就不回了。我窝在沙发里想了想还是去吧，最近我和老婆闹离婚，廖海还老开导我，做人不能不讲究。

等我骑电瓶车到了小长兴门口时，和小芝麻碰个正着，我问她廖海怎么了，她也不知道。廖海见我俩都来了也没表现出高兴的样子，只是让服务员加餐具。我们连干了好几杯啤酒，廖海才说他和女朋友分手了。我当什么大事，原来是失恋了，我说分了就分了呗，再找。廖海这个女朋友才谈没多久，我们都没见过。小芝麻问廖海因为啥。廖海说，难以启齿、无法想象。说得我也起了好奇心，后来廖海道出了原委。原来那姑娘和廖海好了一段时间后就多次说自己有特殊癖好，问她也不说。昨天她非要带着廖海去参加一个神秘聚会，廖海经不住蛊惑就去了。聚会是在一个私人会所，他俩被引领着到了一个豪华套房，两个人没过多久就开始亲热起来，到紧要关头，廖海女朋友顺手抓起了床头的一个遥控器按了下，然后在昏暗的灯光下，床对面的镜子墙突然就变成了一面透明的玻璃，一对男女正在隔壁床上赤裸着亲热呢。接下来他女朋友告诉他这面玻璃墙也可以打开，如果廖海愿意，四个人可以一起来。这可把廖海给吓坏了，他死活不同意，穿上衣服就逃了出来。我和小芝麻听得目瞪口呆，赶紧又要了几瓶啤酒，交代廖海这事莫声张，断了联系，就当是一次奇遇吧。

回到家，我赶紧冲了个澡，然后躺床上翻来覆去怎么也睡不着。我想起来小时候的一件奇事，那件事我从来没有和别人说起过，它很可能引发了一桩错案。几十年后我再去回忆此事，依然有些战栗。

小时候我们家在德清乡下，我爸那时在德清医院当大夫，我妈是摩托车配件厂的工人。房子是医院分的筒子楼，那幢筒子楼有两层，我家在二楼楼梯口往左第一个门和第二个门，中间隔着几家邻居，东面最后一间也是我们家，当储藏室用。楼里面住的全是德清医院的家属，大家都相互认识，唯有一家是外来户，那就是瘸子女人家。瘸子女人姓什么我已经记不起来了，她年纪不大，看上去也就二十多岁，长得很好看，打扮也时髦，脖子上总是系着一条深紫色的丝巾。我看到过她的指甲，涂了一层大红色的指甲油，这在当时我们乡下显得有点格格不入，可她又是个瘸子，走起路来一拐一拐的。瘸子女人似乎没有工作，她不经常出门，偶尔会去买些柴米油盐回家，她很少和楼里其他人说话，见了人总是低着头走。她家住在二楼楼梯口往右，最西边的两间屋子，那是老院长家的房子，有一年他们搬走了，瘸子女人和她丈夫住了进来，邻居们说他们是老院长的远房亲戚。瘸子女人的丈夫在镇街上租了间屋子卖鱼虾，也做鱼圆，每次我路过他店铺门口都能闻见一股腥臭味。他就坐在屋门口的小马扎上，有时是蹲着，有来买鱼的人，他就拿把雪亮的菜刀蹲在那里宰鱼。男人长了一对小眼睛，看上去凶巴巴的样子，无论上学还是放学，我都选择在他铺子对面那一边溜过去，我害怕这个人，所以我也讨厌他。

　　小时候我胆子特别小，楼里和我差不多大的孩子都不和我玩，他们经常会欺负我，我现在脑袋边上还有一个鼓包，就是那时候邻居家的孩子打破的，我爸亲手给我缝了三针，其实我爸那时候也嫌我性格上懦弱，他甚至怂恿过我打回去，可我心里害怕，碰见那帮孩子，我唯一能做的就是躲着走。我把所有的怨恨都撒到瘸子女人身上，包括对她丈夫的恐惧。每次瘸子女人出来被我碰到，我就跟在她身后学她一拐一拐走路的样子，我甚至小声地喊她"小瘸子、小瘸子"，一遍跟着一遍地喊。我记得只有一次，仅有的一次，她突然间转过头来瞪了我一眼，我被她瞪了一个愣怔，可见她转回头继续走了，我又跟着学起来。从那以后就算她再瞪我，我也不理，我疯狂地学着她走路的样子，嘲笑着她。

暑假的一个傍晚，院里请了戏台班子，在离筒子楼不远的打谷场唱大戏，凡是没值班的院家属几乎全去看戏了，我才不稀罕看那些鬼哭狼嚎一样的玩意儿，去了准能碰见那帮楼里的孩子，指不定还得挨揍。吃过晚饭，我撒谎说先去打谷场找地方，就走了，其实我藏在了东头我家的储藏室里。我心想，等他们都走了，我就可以在筒子楼里和自己玩捉迷藏。不知道过了多久，远处传来了唱戏声，我才把自己放出来。我在筒子楼里瞎转悠，东一拐西一窜的，不知不觉就到了楼梯最西侧屋子外边，那是瘸子女人家。我当时也不知道脑子里想的什么，就蹑手蹑脚地扒在她家窗户外面往里看。屋里亮着灯，待我仔细又一看，我的脑袋轰的一声就炸了。我看到了从来没见过的画面，那个瘸子女人像是在杀一个男人。他们一丝不挂，她坐在那男的身上，唯有脖子上还系着那条紫色丝巾，她的嘴半张着，喘着粗气，那张本来很美丽的脸已经变得歪七扭八了，那个男的已经死了，他躺在瘸子女人的身体下面一动不动，我看不太清，我相信他已经死了。就在两个人身后，瘸子女人的丈夫，那个我害怕又厌恶的卖鱼佬，正眯着一对小眼睛端坐在椅子上，他在看着自己的女人杀死另一个男人。可他们为什么连衣服都不穿，就那样光着身体。

那天夜里，我记得我到很晚都没有睡着，我的脑袋里想着那个女人，想着她身下被杀死的男人，还有卖鱼佬一双可怕的眼睛，不知道为什么我的下体是热的，我拿手电在被窝里看，我身体的某一部分，那颜色就和瘸子女人脖子上的丝巾一样一样。那以后很长的一段时间里，我心里都以为我们楼里发生了一起不为人知的凶杀案。直到另外一起凶杀案的发生，楼里所有的人才开始议论起这对平时不怎么引人注意的外乡夫妇。

我上小学三年级的那个春节，我爸好不容易轮到了休假，那意味着我们一家人可以去南浔的姥姥家过年，这对我来说是件让我欢天喜地的事情。年初三我们从姥姥家回到德清，还没进筒子楼，我爸妈就被邻居拽到了一边去了。事情我是隔了好几天才知道的，就在年三十的晚上，瘸子女人被她卖鱼的丈夫给杀了，卖鱼佬自己也抹了脖子，两个人死在了他们的屋子里，据说卖鱼佬下手非常凶残，死去的女人赤裸着身体，只有脖子上系着根被染红的丝巾。邻居出来放鞭炮时还看见卖鱼佬就蹲在自己屋子外边喝烧酒，大家猜测那个时候他已经把瘸子女人杀了，就在那里闻着满屋的腥臭味喝酒，然后回到屋里拿起刀结束了自己。警察走访了楼里所有的住户，又留了口信，让我爸回来去派出所做调查。死的两口子并不是老院长的远房亲戚，他们只是房客，碍于面子，老院长家人才撒谎说是亲戚。凶杀案后，邻居们偷偷议论，都说是瘸子女人在外面有了相好的，被卖鱼佬捉奸在床才动了杀心，但为什么没有第三者的出现，大家说法不一。

　　年过去一段时间，筒子楼里的人渐渐忘记了凶杀案，案子被再次议论时是院里新来的医生搬进二楼最西头的房子住，但很快又悄无声息了。关于那个暑假我看到的秘密，我始终没有和任何人提起过，包括我的家人，直到今天。

从那年开始，我变得不那么胆小了，学习也一落千丈。到了初中，我成了一个小混混，成天把同学打得屁滚尿流的，连我爸也拿我没办法。

二〇一九年三月十三日

飘雪中的芭蕾

那天我被我堂哥揪到他的二八车大杠上一路疾驰而去。初夏的风在我的耳边像是要告诉我些秘密，可堂哥骑车的速度太快，我只听见了"嗖嗖"声。他驮着我来到了城北一户人家门前，军绿色的大铁门紧闭着，我闻到了还没干透的油漆味。我问堂哥这是哪儿，他笑着看我一眼，说，这是恁家，恁新家。

后来我知道，那年春天，我爹瞒着单位的人在城北买了一块地，叫了老家的一些壮劳力，盖起了七间大平房。没过多久我爹辞了职下海经商，我们从城南的单位宿舍搬到了城北的单门独院。夏天快结束时，我有了一个军绿色的新书包和奶油色的人造革吸铁石铅笔盒，准备迎接即将到来的我的学生时代。那是一九八四年，我六岁，也是我童年记忆的开始。那之前的日子我现在任凭怎么回想，都没丝毫印象。

我们的新家属县北关镇清河大队，除了我们一家外来户外，周围邻居基本都是大队的老社员，说是镇，其实社员也早都没了地，很多都农转非了。我们家的前院是大队喂牛的牛屋院，还养着几头没了用武之地的老黄牛，郑老头和付老头就是牛屋院看牛的牛倌。

放学后，我总是先绕到牛屋院里玩一会儿，我呆呆地望着老牛咀嚼干草，听它发出的声音真是动听。郑老头就像他看管的老黄牛，慈眉善目，说话慢吞吞。他问我作业做完了没，我狡猾地点点头，他就从床头柜里小心翼翼地拿出一包水果糖，给我一颗，再小心翼翼地包好剩下的放回去，然后边往牛圈里拣草边说，不碍，玩一会儿回家再写。我那时不喜欢付老头，他从没给过我糖吃，而且还经常吃我们家的东西。我们家南墙头贴着牛屋院的后院墙，伸伸手就能够着，家里如果吃个什么时令水果，我妈总是拿上些从南墙头叫他们接过去吃，每次都是付老头跑来拿，这事我见过无数回，我觉得他从没分给郑老头吃过。最让我可气的是付老头对牛也不好，我没见他给牛喂过草，他总是拿着一张破铁锨在院子里铲来铲去，也不知道是在刨谁埋的银子。我趁付老头不在屋的时候就说："郑姥爷，你得管着付姥爷点，你是正的他是副的，你权力比他大。"郑老头看着我笑说，"你这小孩，人小鬼大。"

我上三年级的时候，牛屋院的牛被大队卖掉了，院子租给了一家私人开的玻璃加工厂，郑老头被他乡下的闺女接走了，从此消失在我的生命里。我记得那天放学后，我照例跑到牛屋院，不少人进进出出在往里抬机器，只有付老头还拿个烂铁锹在院子里晃来晃去。牛圈已经被拆掉了，我趔摸半天也没看到一只老牛和郑老头。最后还是从我妈那里打听到郑老头被闺女接走的消息，妈说，郑老头临走还夸我，你家小明大了有出息，怹别替他操心，将来不愁找不到好媳妇。我那个时候根本就不想什么媳妇，我想老牛，还有和老牛一样的"正姥爷"。付老头留下了，因为他一辈子打光棍，无儿无女可以投靠，大队就出面给玻璃厂的人商量，把付老头留下在玻璃厂看大门，一个月多少给点钱就行了。我有那么一阵子每天都想，为什么他俩不能换换呢？副的才该走，正的留下多好。

寒假的一天傍晚下起了雪。眼看离年根儿越来越近，我爸还远在福建贩着他的海蜇头没回来。晚饭后我和我妈说在门口玩会儿雪，她守着电视正看《聊斋》，没顾上理我，我就跑出去了。大人说第一茬的雪最脏，不能吃，我才不管，大人总是吓唬人，就像《聊斋》里的鬼，我从来就没觉得有什么可怕的。我抬起头伸出舌头够飘下来的雪花，天已经完全黑下来了，一片片洁白的雪花垂直落下，打在我舌头上，痒痒的，还没感觉到它的形状它就化掉了。我原地转着圈，像天鹅湖里的白天鹅，这是属于我的芭蕾。再转，我看到我家军绿色大铁门上去年的对联，褪色的横批上写着"抬头见喜"。继续转，后脑勺先着的地，眼前亮的同时鼻子也出了一股酸酸的热气。我妈后来给我说，她当时吓得掉了魂，一摸我后脑勺流血了，就以为我肯定活不了了，哭着从抽屉里拿了钱就往外跑。抱起我还没跑几步就累得喘不上气来，这时她想起了前院的付老头，那个每天抱着把烂铁锹的付老头。不知是我比把铁锹沉不了多少，还是付老头的劲大，反正我妈说他一路小跑没停，一直把我扛到离我们家较近的县财贸医院，我妈是骑自行车在后面追着到的。我后脑勺被缝了三针，我妈还没从惊吓中回过神来，追着大夫问会不会落下后遗症。大夫被问急了，没好气地吼我妈，哭什么哭！不就摔个跟头吗，死不了，小孩家摔摔才能长！我妈说，她当时也忘了付老头了，他什么时候走的也不知道，总之当时根本没顾上说句谢谢的话。从那以后来我见了付老头也没了之前的不喜欢，冲他呵呵笑笑，他也冲我呵呵笑笑。偶尔我也从南墙根喊，付姥爷，俺妈让我拿西瓜给你吃。付老头颠颠地跑来，也没别的话，就"哦"一声伸手接过去走了。

　　我上了初中后，成绩一落千丈，老师和我妈谈过话，说我自暴自弃，还经常和一些不三不四的校外青年来往。回家我爸就抽了我一巴掌，我妈拉也拉不开，我爸扬言把我打醒。也许见我连眼泪都没掉一颗，他举起胳膊又准备下一轮的攻势。我一脚把屋门踹开就跑出去了，边跑边喊，你杀了我我也再不回学校了。跑出来才想起没地方可去，绕了一圈来到了前院。那时候玻璃厂也面临倒闭。付老头还在看着他的大门，传达室的炉子上蹲着把呼呼冒热气的黑壶，里面的开水不知道滚来滚去滚了多久。付老头在看电视，这台他唯一的家电也是我们家淘汰下来的十四英寸黑白凯歌，我妈前几年送给了他。付老头见我去，多少有点意外，问我，有事？我说没，递给他根"双马"。付老头说，咱不抽。你那么小，就学抽烟了？我没理他。电视在放广告，蓝天六必治，身体倍儿棒，吃嘛嘛香。付老头接了句，狗屎也香。我扑哧笑了出来。付老头脸冲我，说，学点好，别给家里添心事。那是我最后一次见付老头。

　　付老头临死前的一星期，我妈从墙头上给他递过去半只烧鸡，他给我妈说自己怕是没日子了，头天夜里睡觉掉了床。我妈安慰了几句也没当回事，没想到过了一个礼拜人就没了。大队里的人给他老家亲戚捎信，人死了得火化，得有个亲戚点头才行。人来了，听说是付老头妹妹家的儿子，也就是付老头的外甥。这人来了给付老头的尸体磕了几个头，然后就开始翻他留下的东西，翻来翻去也没找到一样值钱的物件。翻完了，他给大队的人说，俺舅一辈子会过，死了肯定会给他妹妹攒下笔钱，这钱不是俺舅藏起来没找着，就是被有的人找到了自己"秘"起来了，这么说吧，要是找不到俺舅给他妹妹留的钱，人就不火化。大队里主事的几个人气得干瞪眼，有几个年轻人要揍他，被年长的劝下了。后来的事情颇具戏剧性，在找遍了整个玻璃厂也没找到付老头藏的一分钱后，第二天他外甥从老家骑自行车驮来一个神老婆子，神老婆子来到了玻璃厂，闭着眼又是请神又是念咒，最后用香点着了在纸上画，画了半天眼睛睁开了。她指了指玻璃厂的院子说，从北墙根数五十步，就在那下面。付老头的外甥不知从哪里找到了把烂铁锹就铲了进去，不到一米，四四方方的一个铁盒子。我妈听人说，里面用皮筋儿捆了四沓钞票，十块的、五块的、两块的、一块的，一样一沓，总共三千七。

那年我青春期的叛逆随着一场打架斗殴而消失殆尽，当我拿起木棍敲向那人的后脑勺时，我看到了血浆从头皮开口处飞溅出来，不知为何，那一瞬间我想起多年前那个下雪的夜晚，我被付老头扛在肩膀上，朝着县财贸医院一路跑去。我记起了，当时我趴在他的胸前，感觉到他那颗剧烈跳动的心脏，一下一下，像是随时都可能从他单薄的胸膛穿出来一样。它的跳动打在了我的肚子上，我当时还做着梦，确切点说是昏迷着，梦里我踮着脚尖变成了一只白天鹅，我随着不知哪里来的"嘭嘭"的节奏，一下一下，在雪地里飞舞。

二〇一四年十二月十六日

拉魂腔

你从过去而来　在今晚的梦里

蹚过黑河　你缠起的小脚一刻不停

是否还能来到我的身边

将故事说个没完

我痛恨屋前的那一棵歪脖树

我留恋长满田间的马蜂菜

风吹过　摇晃着

吊在空中的裤带

去西天的路上一刻不停

我的奶奶

你走到了哪里　我已看不清你的表情

拉魂腔唱哭了送魂的人

黑河的水

是否洗净了你的魂

　　五奶奶最后把自己吊死在自家的一棵小树上。树枝很细，被她的身体坠成了弓形，她就挂在那儿，脖子上缠着自己的裤腰带。我大伯下地回来还在屋里头沏了碗茶，出来解手才发现他娘立在空中，早已没了气。

　　五奶奶嫁到五爷家之前是湖里人，住在船上。那年她十七，爹娘都没了，兄妹三人以打鱼为生。提亲的媒人骗她说我五爷比她大三岁，家里耕地宽，粮食年年有富余。等她被花轿抬过来才知道丈夫比自己大了整整二十三。五奶奶离开了湖里，和五爷过了十八年，先后生了五个孩子，三儿两女。从船上下来那天起，她就再没回去过，五奶奶一辈子最爱吃的还是鱼，会吃，一条鱼从她嘴里吐出来是一副完整的鱼骨头。

　　我亲爷、奶死得早，我妈也没见过。五爷是我爷的亲弟弟，他和五奶奶生的五个孩子和我父亲是叔伯兄弟关系。我和我哥小的时候，是五奶奶进城把我们哥俩带大的。那时候五爷也早就去世了，死的时候我小姑刚会跑。五奶奶成了寡妇，一直到上吊，她也没动过改嫁的念头。听说五爷是得坏病死的，肚子疼，犯起病来趁人不注意拿起地上的小马扎就往自己肚子上锤。坏病遗传，几十年后我二叔也是死于肚子疼，肝癌，从检查出来到咽气不到两个月。那时我已经很大了，我们一家人去看二叔，他的脸白得和纸一样，二叔是阴阳眼，得病前谁家老人去世都要请他去守夜，二叔看得见死后的人魂魄什么时候离的家。到了自己快咽气时，他拉着我爸的手说，哥咪，昨晚上你五叔来背我了，我能看见。过了两天，二叔就走了。

五奶奶命苦，十七岁出嫁，三十五岁成了寡妇，一辈子操持家，外边没一句闲言碎语。老了白发人送黑发人，她绕不过来这个弯儿，二叔去世后她魔怔了，变得谁也不认识，唯有我和哥哥随父母去看望她时，她能认出来。她说，明咪，奶奶给你唱段拉魂腔，于是就斜躺在床上哼哼，谁也不知道哼的是啥。拉魂腔就是柳琴戏，这调子把我的记忆一下子拉回到了很久之前。

那时候我和哥哥都还很小，我母亲是独生子女，我的外公外婆也住在我们家，可两位老人都身患疾病，外公因脑血栓半身不遂，外婆也久病卧床，我父母又得上班，我和哥哥需要有人照顾，无奈就把五奶奶接到了我们家，那是我童年记忆里快乐最多的时光。五奶奶守寡多年，一人带五个孩子，脾气自然会大一些，加上在农村过日子惯了，生活习惯没有多少讲究。我记得外公有时会拄着他的拐棍来到五奶奶面前说，五嫂，把蜂窝煤炉子打开吧，该添锅了。五奶奶根本不吃那一套，抱起我就出了门。后来我母亲批评了外公，又给五奶奶赔了不是。不忙的时候，五奶奶偶尔会唱上两句，并不是唱给我和哥哥听，她是自己在解闷。我问奶奶唱的什么，她说是《回娘家》，我要她唱，她又闭了口一句不唱了。五奶奶说那还是她当闺女的时候跟人学的半出戏，这种戏叫"拉魂腔"，唱得好的一张口就把人的魂儿给勾走了。

五奶奶爱吃鱼，母亲隔三岔五就买回来些小鱼小虾，我和哥哥都争着看她吃，一条鱼放嘴里，一会儿工夫就吐出一副鱼骨头，我们看得惊奇，她吃得也高兴。母亲说老人和小孩一样，得哄。或许母亲是聪明人，五奶奶在我兄弟俩身上爱得一点空儿都没有。那时候大伯有三个孩子，听说五奶奶在乡下和大娘不和，婆媳间经常闹，大娘有一次跳了井，幸好被路过的人看到给救了上来，五奶奶对我大伯家的孩子也有偏爱。她在我们家常住时，偶尔会让我爸送她回去待两天，她想两个孙子，唯独不挂念我堂姐。我还记得有天中午我爸妈急匆匆从单位回来，收拾东西就要走，那天五奶奶还在乡下没回来，我和哥哥被安置在邻居家里，到了晚上母亲回来我们才得知，原来他们是回了乡下，大娘喝农药死了。

那次事件发生后五奶奶没有再回我们家，过了段时间我母亲办了停薪留职在家照顾我和刚上学的哥哥。五奶奶第二次来我们家常住时，我已经上小学三年级了，她自己跟我说，明眯，我也想来城里住，就看看你们两个坏蛋，多清闲。那几年我乡下的三叔生了孩子，三叔在她五个孩子里是最小的，也是她最疼的一个儿子，五奶奶走不开，她得照顾这个小孙子。仿佛她的一生只有一件事做，那就是拉扯孩子。

除了吃喝穿住外，我母亲隔段时间就会给五奶奶一些零花钱，夏天的时候五奶奶偶尔会用她的钱给我和哥哥买上几个冰棍，有时是赤豆的，有时是奶油的，统统放在搪瓷缸子里，等我们放学回来，冰棍已经成了冰镇饮料，我俩一饮而尽。每到年节，五奶奶家的我大伯二叔三叔还有两个姑姑，就轮换着来我们家看望她，有时大伯家的两个堂哥也跟来，堂姐很少来。五奶奶的娘家人只剩下一个在外多年的弟弟，平时碰面的机会不多，她的几个外甥倒是常来探望。有年春节刚过，五奶奶偷偷把我叫到一边问，明崃，城里的柳琴剧团在哪里，你带着我去听戏吧。我那时候对这些老戏哪有半点兴趣，问我剧团在哪儿我也说不上来，我说我去问我妈，没承想被她严厉制止了，我讨个没趣跑一边玩去了。很多年以后我读到陈先发的小说《拉魂腔》时，突然又想起了五奶奶。《回娘家》这出从她没出嫁时就学唱的曲儿，竟被她偷偷地爱了一辈子。五奶奶年轻时是从何人那里学来的半出戏呢？拉魂腔，唱得好的一张口，人的魂儿就被勾走了，难道五奶奶当年也被人勾走过魂儿吗？这个一辈子只有十八年婚姻的女人，从船上下来那天就再没回过娘家。那些往事只有微山湖底的鱼王可以解答。

　　我上初中时五奶奶执意要从城里回到乡下去，原因是不久前她的弟弟也去世了，这个世间再也没有了她的娘家人。五奶奶对我母亲说她觉得自己也没有几年的活头，但死总得回自己家里去死，死在外面，世人会戳我大伯家兄弟们的脊梁骨。母亲见状也不便强留，她虽已恢复工作，但我和哥哥已长大，早不用专人照顾了。五奶奶回到乡下身体依旧硬朗，假期我和哥哥都会去探望她，她就支使着各家轮流杀鸡给我俩解馋。大娘死后大伯也一直没再娶妻，五奶奶就在大伯家常住，无论二叔、三叔怎么劝，她死活不答应挨家轮流住。两年后我二叔得肝癌去世，家里人都瞒着五奶奶，怕她承受不住。二叔发丧的时候，所有人进出大伯家都要把白帽子、白鞋在外面换了才进门，可五奶奶心知肚明。不久后她魔怔了，变得谁也不认识，唯有我和哥哥随父母去看望她时，她能认出来，她说，明唻，奶奶给你唱段拉魂腔，于是就斜躺在床上哼哼，谁也不知道哼的是啥。

　　半年后，五奶奶把自己吊死在自家的一棵小树上。

　　　　　　　　　　　　　二〇一八年十二月六日凌晨

黑雨

一

石头城飞来了一只喜鹊。城里的人都在议论这事，鱼面人是第一个发现的，他把消息散播出去的时候没人相信，石头城已经有几十年没有喜鹊出现了，准是鱼面人喝了寒酒胡言乱语。可到了第二天，遛奶的阿峥也证实了这则新闻。那天阿峥光着膀子出来遛奶，吃奶的人不多，只有哭婆婆带着小孙子在城门口的老槐树下等阿峥，哭婆婆像往常一样给了阿峥两个鱼果果，阿峥就把奶塞进了娃娃嘴里，娃娃饿得够呛，噘着小嘴猛吸阿峥的奶头，疼得阿峥正要发火，这时候就听见头顶上传来“娘！娘！”的叫声，阿峥抬头看，原来老槐树上正蹲

着一只花喜鹊。阿峥赶忙喊哭婆婆：婆婆快看树上有只
花喜鹊。哭婆婆眼睛瞎了大半辈子了，让阿峥这么一
说，气得一把抢过阿峥怀里的娃娃，头也不回就走了。

至此，石头城里的人都相信真的飞来了一只喜鹊。
老槐树下聚集的人越来越多，即使在这样的混乱时刻，
城主老石匠的威严还是得到了最大体现。老石匠双腿盘
坐在老槐树下的石板上，他命令所有的人都不要大声说
话，于是所有人就安静地坐了下来。老石匠又让猎人叉
虎跑到城中的石洞里打来满满一斗寒冰水，并倒在石头
碗里，水碗围着老槐树摆了一圈。寒冰水沁人心脾，他
相信喜鹊口渴了就会飞来喝水。

大家都坐在老槐树下等着喜鹊的再次到来，没有一
丝风，石头城被太阳诅咒了几十年了。哭婆婆的喊声从
远处传来：都散了吧，你们都让阿峥那个小女人给骗了，
哪有什么喜鹊，石头城的天上什么时候飞过喜鹊啊！大
家四处找阿峥。阿峥就坐在人群中，她站起身对老石匠
和周围的人说：我没骗人，昨天喜鹊真的就停在老槐树
上呢，鱼面人不是也看见了吗？不信你们问他。大家又
四处找鱼面人，可人群里没有鱼面人的影子，他准是又
跑到石洞里偷寒冰水去了。鱼面人每次偷水造酒喝，身

上的鳞片就会多一些，现在脸上也是，可他就是戒不了。有人坐不住了，猎人叉虎提着木叉就往石洞跑，那可是石头城所有人的水源。

　　老石匠使劲咳嗽了两声，气氛又安静了下来。大家继续盘腿而坐，时不时就看看头顶的天，可除了让人心烦的大太阳以外，花喜鹊并没有飞来。大约过去了两个时辰，老石匠的肚子"咕咕"叫了两声，他伸手从裤袋里摸了摸，摸出来三个鱼果果，老石匠发话了：大家有愿意等的就继续等，不想等就先回吧。阿峥，你过来。阿峥起身走到老石匠跟前，老石匠把三个鱼果果递给她：你喂我两口奶，喂完你也回吧，别把奶晒干瘪了。阿峥撩开衣服把奶塞进他的嘴里，老石匠庄严地嘬了两口。

　　老石匠一开始并不会造石头房子，那是后来的事了。年轻时候的老石匠叫小水，石头城也不叫石头城，那时这里叫水城。水城美丽富饶，春夏种谷子，秋天收粮食，到了冬天喜鹊栖在梅花树上叽叽喳喳唱不停，喜鹊一唱歌第二年又是丰收年。人们用红绸子挂满了整个水城来庆祝，房子上、树上、水渠里、庄稼地里，大人小孩都用红绸子做衣服，连看门狗的眼睛、水牛的犄角、喜鹊的翅膀上也挂上了红绸子。

后来的事没人还记得，只记得太阳越来越毒，黑夜消失了。正当所有人走投无路的时候，地上的石头缝里冒出一股清泉，他们顺着水流的地方挖啊挖，足足挖了四十九个白昼，渴死饿死了好几个男人，终于挖出了水源，那水冷若冰霜，喝一口沁人心脾。石头城的人从此活了下来。

二

"娘啊，娘啊，你不要丢下鹊儿。"任凭鹊儿哭哑了嗓子，她的娘还是躺在那里一动不动。冯少爷颤颤巍巍拉了几次女儿，可是小喜鹊抱着死去的娘就是不松手。冯老太太指使管家硬生生把喜鹊拽了起来。"老的不正经，小的没出息，媳妇看不住，连个丫头片子也管不了！"冯少爷干咳了几声，对冯老太太的辱骂不加理会。

三天后，冯家简简单单办了丧事。冯少爷到了晚上又咳出了血，他觉得自己的身子也熬不了多少日子了，死了也罢，这一身病活也活得窝囊。夫人秀琴想不开，不该死，可他一个半死人能怎样？难道要和亲爹拼命吗！唉，死了罢了，只是可怜了女儿喜鹊，这孩子也是苦命的。想到这里，冯少爷不禁有泪水涌入眼眶。

喜鹊一整天把自己关在屋子里习字，平时娘总是不厌其烦地教她习字，稍有一点不用功，娘总是很严厉地管教她，当然，娘从来没有真正惩罚过自己，她明白娘其实是吓唬她呢。现在娘没了，她一遍遍在纸上写着：花喜鹊尾巴长，娶了媳妇忘了娘。喜鹊的身上裹了她娘的红绸褂子，那是发丧那天她从娘的遗物里偷出来的，她没见娘穿过，应该是娘嫁给爹时穿的嫁衣吧，娘不打扮就很漂亮，如果穿上这红绸褂子肯定好看极了。

喜鹊写着写着睡着了，睡着了就做了一个梦，梦见自己变成了一只花喜鹊，到处飞着找自己的娘，飞着飞着就来到了一座石头城。

三

老石匠吃了两口阿峥的奶，继续双腿盘坐在老槐树下的石板上，他紧闭双眼不看天。城里的人陆续回到了自己的石头房子里。鱼面人被猎人叉虎押着带到了老石匠面前，他脸上的鳞片已经快盖住了眼睛，没等叉虎说话，老石匠就示意放了鱼面人。一转身的工夫鱼面人就死了。

过了一个时辰，阿峥又来了，她要再喂两口奶给老石匠，可老石匠说自己已经没有鱼果果了。阿峥说这是她心甘情愿的，她说刚才回去做了一个梦，梦见花喜鹊就要飞回来了。老石匠啊老石匠，你一定要在这里等着它。老石匠没有吃阿峥的奶，他对阿峥说，我给你讲一件事，这件事是我昨天才想起来的，你记住了，你娘是你爷逼死的。老石匠刚说完话，头顶上就传来"娘！娘！"的叫声，天色一下子就黑了起来，老石匠和阿峥都抬头看天，豆大的雨点儿落了下来。

那是一场瓢泼黑雨，石头城里的人都从石头房子里跑了出来，人们有的跪着，有的跳着，有的大声喊叫着，老石匠也笑了。老槐树上飞起一只黑乌鸦，扇动着翅膀朝着远方飞去了。

二〇一九年五月二十三日凌晨两点三十一分

傻子大会

龙泉巷不是条小巷子，但你叫它马路，似乎又没有那样的规模。很少有车会经过这里，你要是停留的时间稍微长一点，打前边没准儿会摇过几只鸡，打后面偶尔还会蹿出来条狗，然后，鸡飞狗跳。龙泉巷路两边种满了梧桐树，深秋了，树欲静风不止，叶落下，铺一地的金黄，好看。沿路往西走，快走到头的地方有个旱厕，过了旱厕就是龙泉福利院，隶属城北镇政府的一个福利机构，集托儿所和老人院于一体，城北镇村有的孤寡老人和半大孩子，就被送到这里来。宏伟小时候在这里有过两年的黑暗时光。

福利院分前后两个院子，前院是托儿所，后院是老人院。一墙隔两院，却有别天壤，前院总在叽叽喳喳，后院总是死气沉沉。托儿所是半托制，寝室只准睡午觉，夜不留宿，小孩子们下午课后要各回各家。宏伟本来属于前院，可是他奶奶在后院给老人们做饭，每天下午课后宏伟要先来后院找他奶奶，等伺候完老人们的吃喝，才能随奶奶一同回家。

青年时代的宏伟给我讲，他那时每次去后院心里都极为害怕，那里住着个叫大会的傻子，傻子比他大一岁，高他半头，老是欺负他，他真的被吓尿过裤子。傻子也有个奶奶，就住在老人院，傻子两岁时爹死娘改嫁，跟着他奶奶过。福利院领导有规定，不让傻子去前院，因为之前出过事。前院当时有两个水泥砌的大象滑梯，东一头西一头对着鼻子，托儿所的小孩子课间总是从象屁股爬上去，钻过象肚子再从象鼻子滑下来，一趟趟地滑一趟趟地钻。一天，有个小孩子钻着钻着回头一看，傻子大会，他也要滑滑梯，嘴角还掉着口水，吓得小孩子一个跟头跌了下来。两米高的水泥大象，没摔死万幸了。从此，傻子大会的活动范围就被限定在后院。

后院里的老头老太太没人害怕傻子大会，他们多数时间排成一排在屋檐下晒太阳。有时候大会的奶奶会给他几块糖，乐得他嘴上又挂了口水，他说话不利落，常呵呵傻笑，笑完就跑开了。后院种了些月季、牡丹等花草，傻子大会就在花丛里自己和自己玩，把那里当成他的百草园，他捉蚂蚱揪腿，捉蝴蝶掐翅膀，捅马蜂窝让马蜂蜇，蜇得脑门子肿了个驴屎包，哇哇大叫。不过傻子大会最喜欢捉的是宏伟。宏伟说他小时候是个尿蛋，被捉住了只会哭，哭还不敢大声，等被欺负完，傻子跑了才敢放开声哭。宏伟的奶奶因为这个找过傻子的奶奶，傻子奶奶说："你杀了他吧。"也找过领导，领导说："怎么办，你杀他不成？"宏伟的奶奶最后拉过宏伟说："你怕他个傻子吗？他傻你也傻啊，揍他啊。"可宏伟是个尿蛋。

那时候北方的冬天爱下雪，还没到最冷的时候就有雪下。下雪容易带走老人，后院谁快不行了，趁着下雪前赶紧通知家里接回去，不能死在老人院里。傻子大会的奶奶快不行的时候没人可以通知，她恨老天爷，自己活着，傻子在老人院也有个地方待，可眼瞅着要下雪了，傻子以后去哪儿呀。她越恨老天爷，老天爷反而怜惜了她，那个冬天雪到底没下下来，给傻子大会的奶奶又留了口气，她挺了过去。宏伟听说傻子本来快搬家了，后来又不搬了，他也恨起了老天爷。

越怕啥是越来啥，宏伟被傻子大会吓尿裤子了。那天下午傻子逮住他，两只手死死地抱住了他脑袋，然后两个拇指按在宏伟的眼睛上，傻子说："眼保健操，第一节，预备，开始！"宏伟裤裆一热嘴一咧，泪和尿都下来了。傻子一乐，跑了。青年时代的宏伟告诉我这些事时仍旧是个凤蛋，他媳妇经常当着我们很多人的面骂他，唯一的区别是宏伟不再吓得哭尿，他脸上竟还有一丝得意。我问他："后来呢？"

宏伟尿完裤子，和尚把傻子大会修理了一顿，不过不是为了宏伟。和尚，一个老绝户头，进老人院之前一个人住在破庙里，户口在城北镇，所以后来被村委会接到了老人院。和尚姓唐，因为住破庙，一起的老人都叫他"和尚"。他说为啥不叫他唐僧，老人们说，唐僧住破庙？动员老唐来老人院的时候，他不去，说不想沾光，自己动手，丰衣足食。破庙后面是他种的山药和地瓜，老唐说自己爱吃山药和地瓜，老人院只吃白菜、萝卜，去了也没的吃。村委会没辙了，答应他，去了老人院，在院子里给他块地方，种金条也不管他。傻子大会给宏伟做完眼保健操就呵呵地乐着跑了，正好从和尚的山药地里蹿过去。太阳落山晒不着了，老人都回屋等晚饭，只有和尚还在屋檐下干坐着，眼瞪着那块巴掌大的山药地。傻子大会蹚了山药地，被和尚看见了，和尚喊："大会，你过来，我给你糖吃。"傻子大会呵呵跑过去，和尚一把就揪住了傻子，说："你傻，还瞎啊，往哪里瞎跑！"傻子大会不哭反而笑，哈哈笑。傻子的奶奶听见了，出来也骂："唐绝户，你欺负一个傻子，没得好死。"

没得好死的不是和尚。第二年春天，傻子死了，掉到了龙泉巷的旱厕粪坑里淹死了。傻子偷跑出去的时候没人知道，中午饭点儿了，还不见人，他奶奶觉得这是出事了。傻子大会的死，没有人难过，连他奶奶都没掉一滴泪，福利院的人把傻子尸体从粪坑里捞上来，没人情愿干接下来的事情，倒是唐老头主动提出清洗了大会的尸体。火化完傻子当天，村里就把那个出事的旱厕拆了。春天没过完，傻子大会的奶奶也死了，她熬过了寒冷，却败给了春天。福利院的大人们很少提及这件事，仿佛这里从来就没住过一个叫大会的傻子。后院老人们又少了，死气也更沉了。傻子的死却波及了前院的小崽子们。在粪坑淹死的会七窍流血，会四肢肿胀，谁也不敢一个人去厕所了，虽然福利院的厕所不是旱厕，那也不行，宏伟说他那段时间拉屎时都是闭着眼睛，更不敢低头看粪坑，那里有傻子大会，他阴魂不散。

青年时代的宏伟给我讲这些时，一会儿壶开了出去灌壶，一会儿他媳妇又喊他剥蒜，我问他还有后来吗？他说："我以为没有了呢，可又来了，傻子真的阴魂不散。"

龙泉福利院上世纪末就没有了，后来成了个煤球厂，过了两年煤球厂也倒闭了，又有个姓商的人租了那地方，前院砌起了鱼池子养鱼，后院拉起了笼子养水貂，早已面目全非。唯一留下的就是前院的一个大象滑梯。当年煤球厂的老板说，人家雕俩石狮子镇宅，这里有俩大象，大象比狮子还厉害，要留着。后来姓商的人要砌鱼池子，砸了一头，剩下那头不占地儿，就留了下来。宏伟那天去喝同事的喜酒，喝多了，回到家已是半夜，他媳妇早已睡下，宏伟把自行车往院子一放就没动静了。其实他媳妇就没睡死，院门一响就醒了，只等着他进门要臭骂他一顿，可紧等慢等不见人进屋，来到院子一看，院门开着，人没了。要不是他媳妇亲眼所见，我是不信宏伟接下来说的。宏伟跟我说："要不是她亲眼所见，我都不相信自己说的！"

他媳妇一看院门开着，人没了，紧跟着就追了出来。沿着龙泉巷没走多远就看见了宏伟一个人在前面走，走到最西头拐了进去。他媳妇纳闷儿，这不是人家的鱼塘吗，半夜三更跑那儿干吗，这才心里害怕起来，紧追着上去。

宏伟的媳妇这时又拿了把韭菜进来，一边递给宏伟一边给我说："你不知道，当时差点没吓死我。他自己在那儿滑滑梯，一边滑一边唱，我的娘啊，我才反应过来，这是梦游了。"

我忙问："啊？他唱啥了？"

他媳妇说："也不是唱，就是嘀咕。"

宏伟说："啥梦游！没那么简单，我唱啥？说出来吓死你。"

宏伟接着说："她后来给我说，我当时边滑滑梯，边嘀咕。她以为我梦游，走近了不敢喊醒我，我当时一遍遍嘀咕的是：'眼保健操，第一节，预备，开始！'"

我说："滚蛋！"

他媳妇说："真的，他真没骗你，我保证。"

我说："你俩都滚蛋！"

鱼塘的人被宏伟在院子里吵醒了，出来一看以为俩狗男女半夜找地方调情呢，就骂。宏伟被他们一骂，醒了，自己却慌了神，他媳妇赶紧架着他胳膊跑了。回到家宏伟开始发烧，一烧就是一个多礼拜，吃药打针都不见效，眼瞅就给烧死了。后来让他媳妇同事的婆婆给治好了，那是个神老妈子，专门给人下神看邪病。她说宏伟半夜回家路上受了邪气喝了邪风。念了咒烧了黄表纸，然后弄来一碗不知是什么的水，满满一大碗，让宏伟仰脖一口气灌下去，第二天，人活过来了。

从宏伟家吃完饭出来已经天黑了，我骑着自行车往西走，没多远就路过那个老福利院。又是深秋，风从背后起，落叶沙沙响，白色路灯下好像站着个人，我额头渗出些汗来，是掉头还是接着骑？不能自己吓自己，大会，我和你无冤无仇，你去玩你的滑梯吧。我清清嗓子，大声唱起来："大河向东流，天上的星星参北斗。"

二〇一四年十二月十九日

小黑河边

　　龙泉巷不长，住着十来户人家，做衣服的王裁缝家，养水貂的商老板家，跑运输的田司机家，离休老干部刘老头家，小卖部的老郭家，还有几家连李小亮也不知道是谁家。李小亮的爸李长贵右手习惯性地托着他的后腰，小心翼翼用左手拎起两个空啤酒瓶子："小亮，换酒去。"李小亮把书包从身上解下来，接过酒瓶，一看没有钱，耷拉着头就出了门。李小亮最烦去给他爹买酒，十次有八次都是去赊，小卖部的老郭就不待见李小亮，话里话外冷嘲热讽的："小亮，听说你爸工作突出快升车间主任了，人家当官都喝茅台的，你爸怎么连两瓶啤酒还舍不得给现钱！"李小亮接过啤酒又耷拉着头往家走。

李小亮家住在龙泉路的龙泉巷，南北通透，北头横着的路叫校场路，每天李小亮都要先走到这条路上，然后再往西，到路口又向北，没多远就是他上学的学校，崇明小学。龙泉巷南头出来是龙泉路，马路对面是条河，叫小清河，河水不流动，是死水，河对岸是卫校，据说学生上完解剖课经常把一些小动物的尸体往河里扔，小清河终日泛着扑鼻的恶臭，人们都叫它小黑河。无论是龙泉路还是龙泉巷，都没有一眼泉水，龙就更扯不上了。李小亮的爸李长贵只是县轧钢厂的车间工人，离车间主任的职位还远着呢，他工作不突出，腰间盘倒是先突出了。李小亮的妈是个瘸子，没有工作，平时很少出门。关于龙泉巷家家户户邻里间，李家并不热衷参与他们的社交，夏天大家都在巷子里纳凉，李家总是大门紧闭，李小亮唯一的朋友就是邻居王裁缝的儿子王宏伟。

那个夏天，王宏伟看到了李小亮的沮丧犹如不远处小黑河泛起的泡沫，虽不动声色却深入肺腑。事情的起因是李小亮的班里上学期来了一位新班主任，她让李小亮的内心有了不一样的转变。开学的第一天新老师用一口标准的普通话向同学们介绍自己。她说她叫李青苹，青苹果的青，青苹果的苹，来自南方的水乡，大学毕业没多久，对于老师这个职业自己也在学，希望大家能喜欢她，有什么事情都可以和她商量。她还说自己要有不懂的事情也要请教同学们。说完了还给大家鞠了一躬，顿时班里响起了如雷的掌声。李小亮从来没有在电视机之外听到过有人会说这么好听的普通话，而且李老师长得也和电视里的演员一样好看。

　　和李老师一起从南方来到崇明小学的还有她的退伍军人丈夫。李小亮不知道这个退伍军人叫什么名字、做什么工作，他到底是不是个退伍军人也无从考证，只因为每次见到他，他都是一身笔挺的军装，走起路来也是笔直笔直的，他和学校里的老师打招呼的时候总是点头微笑，无话。崇明小学一进校门前后有两排齐脊瓦房，不是教室，是给在校任职家却在下面乡镇里的老师安排的宿舍，李老师和她的退伍军人丈夫就被安排住在了其中的一间。作为李老师喜欢的学生，李小亮有两次去她家的经历，一次是课间李老师让他去家里取她的备课本，退伍军人正在屋外生他们家的炭炉子，他没有穿军外套，但依然是绿军裤加白衬衣，可能因为南北方差异，他蹲在地上鼓捣那炉子似乎比军人开坦克还费劲。退伍军人给李小亮取了备课本，还微笑着递给他一个大橘子，那个橘子皮很厚，还有点苦，一点都不好吃。李小亮不知道，其实那是一只广柑。之后李小亮又去了李老师家一次，那次李老师下课后偷偷把他叫到一边塞给了他一张纸条，让他去家里给退伍军人。李小亮没有偷看，纸条上面到底写了什么他不知道。这一次他没有得到橘子，连退伍军人标志性的微笑也没有得到。后来东窗事发，学校里的老师议论起来都说，小周多好的小伙子啊，都怪李青苹，南方女人真是坏。退伍军人原来姓周。

　　李小亮长到八岁，第一次喜欢女人，这个女人不是别人，就是李老师。事情还得往前说，李老师来到崇明小学的那个新学期重新分配了班干部，一向成绩中等的李小亮竟意外地当了他们组的组长。这使得原来的组长杨姗姗不服气，课间时，她指着李小亮就抱怨起来："李小亮，你凭什么当组长！你连造句都造不好。"李小亮头也不抬，没理她，杨姗姗继续嚷嚷："你们家给李老师送礼了，你走后门，她给你开后门！"正是这句话，激怒了李小亮，他拿起课本冲杨姗姗就扔了过去，正好打了个正脸。中午，李老师把李小亮留在了办公室："小亮，你知道打人是不对的吗？"李小亮没说话，李老师又说："打女同学不是一个男子汉做的事情。老师看你成熟稳重，原来是看错了。老师喜欢你，让你当组长来帮助别的同学，结果你却伤老师的心。"李小亮脸一阵发热："我错了，再也不这么做了。"李老师低头和他谈话时乌黑的长发散在肩上，散发出来的真的就是青苹果香味，那清香沁入李小亮心里，他猜不出来李老师用的是什么牌子的洗发香波，肯定和他们家平时用的不一样。李小亮的瘸腿妈只会去买老郭家的劣质洗发水，一股烂柿子味儿。

是李小亮最先察觉到李老师和党老师打得火热的。党老师叫党伟，是体育老师，所有的学生都害怕他，李小亮唯一的好朋友、王裁缝的儿子王宏伟就被党伟狠狠体罚过一次。王宏伟对李小亮说党伟打他比他哥王宏杰打得还要疼十倍，他说等上到五年级能打过他哥时，就会找党伟报仇。对于这个想法，李小亮当时给王宏伟的劝诫是：君子报仇，十年不晚，这事急不来。党伟长了对贼眉鼠眼，说话烟酒嗓流氓腔，他也有标志性的服装，但不是威武笔挺的军装，是件有着大翻领的花格子衬衣，套在他身上十足的地痞相。和李老师的退伍军人丈夫比起来，这人简直是逊得不能再逊了，李小亮绞尽脑汁也弄不明白，李老师为什么会和他好。先是李老师的课，党伟时不时就出现在教室门口冲李老师坏笑，李老师开始还有些羞涩，后来慢慢开始接应他的贼眉鼠眼，再后来党伟还会在李老师上课时送来热茶水，李小亮清晰地看见那个杯子下面还压着张纸条。最让李小亮气愤的是，有次李老师竟然让他去器材室给党伟也送张纸条，并叮嘱他不许告诉别人，也不许偷看，说完还温柔地在李小亮脸上拧了一下。李小亮当然偷看了纸条，上面写着：茶是陈茶。

　　一周两次的体育课，党伟再也不教大家怎么跑步、怎么跳沙坑了，只要上课就让大家自由活动。李老师每次都到操场上找党伟，有时两人就坐在沙坑里聊。后来可能为了遮人耳目，他俩不在沙坑里聊了，李小亮发现党伟带着李老师去了他的器材室，那间器材室就在操场边上，他的好朋友王宏伟就是在那里挨了党伟的体罚。李老师开始频繁地和党伟出入那间器材室，有一次李老师出来时竟然换上了条花裙子。这一切瞒过了所有人，但都被李小亮看在眼里。他觉得心里无比的疼痛，那种疼痛比耳刮子抽到脸上还要疼痛。他觉得李老师不喜欢他了，而且，党伟的行为让他忍无可忍，他简直是明目张胆地夺人所爱。

李老师突然生病进了医院，语文课暂时由教数学的黄老师代上。黄老师通知大家李老师得了急性肝炎，要在县财贸医院住院。学校里开始有李老师和党伟的流言蜚语，老师们在课间的办公室议论起来没完没了。中午回家吃过饭，李小亮去了老郭家的小卖部赊了四瓶橘子罐头。他吃过这个橘子罐头，比李老师的退伍军人丈夫给他的橘子好吃，这个甜。他要去医院看李老师，他想让生病的李老师尝尝他们北方人吃的橘子，在他书包里还塞了家里的一把螺丝刀，那是用来开罐头的。李小亮没有上下午课，他撒谎说拉肚子给黄老师请了半天假就走了。李小亮在住院部打听李老师的病房，他说病人叫李青苹，得的是急性肝炎，是崇明小学的老师。一位胖护士瞅了眼李小亮，说："肝炎病，不知道传染啊，你一个小孩家来看什么看，赶紧回家去吧。"李小亮想了想，要把罐头留下让胖护士交给李老师，可查来查去传染病科也没有叫李青苹的病人。没有办法，李小亮拎着四瓶橘子罐头又回到龙泉巷，他去王裁缝家把王宏伟叫了出来，两个人穿过巷子来到龙泉路上的小黑河边。李小亮告诉王宏伟他下午其实去医院看李老师了，但没找到她的病房。天黑了起来，李小亮才想起来自己还没有吃饭，月亮像平常一样宁静地挂在他俩的头顶上。

李小亮说："要不罐头分着吃了吧。"

王宏伟说："这河臭死了，咱还是离开这儿，去那边吃。"又说，"对了，下午我在办公室罚站，三班的老师聊天，说李老师是让党伟弄大肚子了，她是去医院生孩子了。"

"胡扯，李老师什么时候大肚子了，不一直好好的吗！"

"我也不知道，不是生孩子，是打孩子。"

"打谁？"

"不知道。"

"狗日的党伟，都是他干的事。"李小亮握着手里的螺丝刀。

"李小亮，你等着看吧，我早晚找党伟报仇，到时候你敢不敢和我一起上。"

李小亮望了眼高高在上的月亮，才说："我觉得有时候得趁热打铁。"

李小亮的这个成语用得不是地方，就像他充满了爱的心，用在了不该有的时候。

　　那天是周三下午，体育课，李小亮的右眼皮一直跳个不停，他的裤腰里藏着那把螺丝刀，他要寻找一个最恰当的时机，最好是党伟蹲着或坐在什么地方的时候，要不自己连党伟腰以上的地方都够不着。太阳毒得出奇，操场上能看见热气，没几分钟党伟就解散了大家的队伍。党伟走了，就在李小亮眼皮子底下走了，朝着学校门口的方向走的，这给李小亮来了个措手不及，在他之前设计的场景里没有党伟走掉这一幕，这可怎么办？追还是不追？正在李小亮犹豫不决时，党伟又走了回来，他光起膀子，那件花衬衣搭在肩上，手里拿着根冰棒，原来他到学校小卖部买冰棒去了。李小亮的右眼皮还在不停地跳，他看见党伟晃着走到梧桐树下面吃冰棒去了，他暗下决心准备一个人见机行事。李小亮认真思考过叫不叫他唯一的好朋友王宏伟帮忙杀党伟，思考的结论是，他觉得王宏伟挨过党伟的一顿打，并不能换来去杀他的理由，杀党伟是为自己爱李老师而杀，而这个世上只有自己才有资格去杀，因为没有人比他更爱李老师。

　　可事情总不能顺顺利利、合情合理地完成，当李小亮的双眼死死盯着党伟的一举一动，准备择机凑近杀人时，一个矫健的身影飞了过去，那个身影只在李小亮眼前闪了三秒钟，就三秒，便飞到了党伟跟前。那是一个飞起来的白绿色身影，是退伍军人，绿色是军裤，白色的是他的衬衣。开始的时候李小亮以为自己眼花了，直到退伍军人扔掉手上的刀，他才意识到党伟被退伍军人杀了。操场上炸了锅，学生们杀鸡般四处逃窜，只有李小亮呆呆地看着不远处的退伍军人。退伍军人也看见了李小亮，愣了一两秒，他把那件被党伟的血染红了的衬衣三下五除二地扒了去，露出了豹子一般的肌肉，退伍军人冲着李小亮微笑了一下。李小亮摸到裤腰里的螺丝刀，一把拔了出来就扔在了地上，此刻他只想大哭，他没有意识到自己已经尿裤子了。

退伍军人杀完人以后没有逃跑，他就坐在了操场上等着警察来抓自己。出事那天一直到晚饭后，李小亮的眼皮才恢复了正常。李长贵捂着腰说："出奇了，用的时候找不着，不用自动跳出来，螺丝刀就在眼皮底下呢。"李青苹没有在崇明小学继续教书，没人知道她去了哪里，事情过去一段日子后，人们聊来聊去也没什么可聊的了，李青苹就被大家忘了。她再次被大家记起来是因为一年以后党伟的复职，他没有死，还在崇明小学教体育，依旧贼眉鼠眼。王宏伟有一次对李小亮表示过不想报仇了，他说反正李老师的丈夫也捅了他了，就当替自己报了吧。对于王宏伟的决定，李小亮没发表什么意见。党伟复职后，李青苹这个人被老师们重新提起过一阵，再以后就被彻底遗忘了。

县里来了新书记，决定彻底改善城市容貌，首先要治理的就是龙泉路上的小黑河。工程队没日没夜地干了好几个月，抽干了原来的臭水，铺了河床修了河堤，从城西的另外一条河引入了河水，还盖了小桥，小桥取名叫清河桥。龙泉巷还是老样子，夏天大家纳凉的时候还是看不到李长贵一家，他的腰间盘突出越来越厉害，大夫让他戒酒，可每到晚饭时，大家就能看见李小亮又拎着两个啤酒瓶子去老郭的小卖部。李小亮问过老郭有没有青苹果味儿的洗发水，老郭说掏现钱，我就进货去。

二〇一五年六月二十五日凌晨三点半

百万之死

三八舞厅里烟雾缭绕，屋顶的正中间吊着一个硕大的球灯，随着音乐的进行，球灯不停地转动，五颜六色的灯光照射出来映在玻璃地板上。男男女女搂着对方的腰扭过来扭过去，一步两步三步。舞池的周围有一些人造革沙发，沙发前摆着四四方方的玻璃茶几，上面堆满了饮料，有啤酒、果汁、可乐，还有叫不上名字的洋酒。坐在沙发中间的人是李善忠，人们都称呼他忠哥，Z县有头有脸的人物，年轻时曾拿过省摔跤比赛的冠军，后来经商卖干货发家，外号"李百万"。Z县有两个百万级的人物，除了李善忠以外，还有一个"江百万"，早年从金坛往 Z 县贩江米发了财，之后转行也卖干货，并时任 Z 县人大代表。

除了李善忠的司机军华以外，并没有其他人随他来，由此推定，今晚李善忠来三八舞厅可能是即兴行为，不过据他的老婆事后回忆，当晚李善忠在家吃过晚饭后接过一个电话，她听见丈夫在电话这头问了句，你是哪位？听语气，不像是熟悉朋友的来电。接完电话没多久，李善忠就说有点事要出去，于是传呼司机军华开车来接他。

服务员刚把酒水饮料放下，陈胖子就咧着嘴迎了上来，他一屁股坐在了李善忠身边："忠哥今天怎么有空过来啊？也没打个招呼。"说着，拿起一瓶洋酒要给李善忠斟，李善忠摆摆手说："酒不喝，我没事，你去忙你的。"陈胖子讨了个没趣，手还停留在空中，屁股已经从沙发上抬了起来。舞池里一曲终了又来一曲，李善忠看看手腕上的积家，九点过十分。他把手表故意调快了二十分钟，用来时刻提醒自己：时间就是金钱，做事要比别人下手早才有利。据说这招他是在电视里跟李嘉诚学的，不过李嘉诚手上戴的只是一块普通的西铁城。

　　李善忠从口袋里掏出香烟点着，抽了两口又掐灭，不知道为什么，此刻他有点坐立不安。他突然想起三八舞厅的对面有个凉粉铺子，他有很久没吃过凉粉了，忙吩咐司机军华去看看铺子还开着没，他想吃一口凉粉，而且要多放醋和辣椒。

　　就在司机出去没多久，从舞厅的另一边走过来一个人，这人看上去也就十七八岁，高鼻梁深眼窝，轮廓分明。他留着寸头，个子不高不矮，走路无声，所以当他走到李善忠跟前和他说话时，李善忠吓了一激灵。年轻人说："你是忠哥吧，我来敬你一个酒。"李善忠被这个冒失的人吓了一跳，抬眼一看是个不大点儿的毛孩子，也不好发火，他掏出烟来自己点着抽了一口，根本没理他。年轻人看他不理自己，又说了一句："你喝不喝？"边说边把一整瓶酒掸在了李善忠面前。李善忠一看来者不善，但还是没把他放在眼里。他把酒瓶轻轻推开，连眼皮都没抬，冲年轻人说："小孩，一边跳舞玩儿去。"那个年轻人一把抓住李善忠的衣领子，吼道："老子要和你喝酒，你聋了吗？"李善忠站起身抬手就是一巴掌，这一巴掌的劲儿很大，年轻人嘴角顿时流出了血。李善忠火冒三丈，指着他骂："你他

妈的说什么？你再说一遍！"说着抬手还要打。年轻人
不但没跑，身子反而往前迎了上去。话音未落，李善忠
感觉大腿一热，手一摸，一手血，再抬眼一看，那个年
轻人手里攥着把刀扭头就走。李善忠紧跟其后，指着他
喊道："狗日的，你别走！"年轻人绕过舞池里的男女
疾步向前，没有人注意到眼前这一幕。眼看年轻人就要
消失在舞厅里，李善忠从腰后掏出他的手枪，向着上方
就搂了一枪。"啪"一声巨响，屋顶上的球灯被李善忠
一枪打个正着，被打碎的灯从空中崩开散落，有一块碎
片刚好划过一个正跳着贴面舞的女人的侧脸，女人还不
知道发生了什么，搂着她的男人看到她脸上的血，吓得
撒腿就跑。紧跟着舞厅就炸开了锅，所有人叫喊着往外
跑，李善忠被人撞了一下，险些摔倒在舞池里。

　　李善忠在舞厅门口撞见了刚买凉粉回来的司机军
华。司机见忠哥腿上的裤子都让血染红了，赶紧扔了手
里的凉粉，扶着他就要走。李善忠根本没当回事，一把
推开了司机，他说："我没事，喊人。"

　　舞厅门口聚集的人越来越多，都是李善忠的手下，
他们不停地呼叫着手里的"大哥大"。

　　"刁三，今晚上到底谁的事？"

"我不管，一个小时给我交人。"

"忠哥让人捅了一刀，你他妈的看着办。"

"谁？江百万怎么了，照弄。"

突然间，李善忠只觉得天旋地转，然后身子往后一仰，整个人就倒了过去。当救护车的声音在他耳边传来时，他的眼睛正盯着被司机军华扔在地上的凉粉，他想去够凉粉，可身体一点反应也没有。他的兄弟们蹲在他身边大张着嘴说话，但他听不到任何声音。李善忠心里说："你们他妈的倒是扶我一把啊，或者帮我把凉粉捡起来喂我一口！"

李善忠被捅了大动脉，失血过多，不治身亡。

二

李善忠的命并没有像他的名字听上去那样有个善终。二十年前他死于非命，年仅四十三岁，他的命案当时轰动了整个县城，后来不了了之。李善忠出殡时，从医院到火葬场的路上排满了前来送行的车辆，当时还惊动了上面市里的领导，据说县政府的一些官员因为这事被点名批评了。这事发生的时候我刚离开县城，有次回去和朋友无意间聊起了"李百万",才知道这个人已不在世上了。

我这辈子就见过"李百万"一次,其他关于他生前的一切都是道听途说。有一天我在学校门口的早点摊吃早点,李善忠也来买,我还记得他打包了一份甜的豆腐脑。他和早点摊儿老板很熟的样子,说话特别客气。等他走了后,老板说给旁边的人听,人家就是李百万,你看,哪像这么有钱的人啊,一点架子都没有,还穿着咱这样的布鞋。

二〇一九年四月三十日

幻觉

那年冬天，下雪。从沈阳来北京的关飞兜里揣着仅剩的四十元钱，在通州大马庄坐上了928路小巴，他的计划是随便坐上辆车，沿途寻找能生存下去的机会。车过椰子井，路边一幢建筑引起了关飞的注意，只见门口立着一个巨大的吉他形灯箱，上面用霓虹灯管盘出了几个字：黑石榴歌厅。关飞起身对司机说，师傅，踩一脚！

黑石榴歌厅的老板叫冯四清，北京人，四十开外，个子不高，光头，说起话来一副公鸭嗓。他说话不多，有一股杀气，让人不寒而栗。冯四清从办公桌上的烟盒里抽出了一根希尔顿叼在嘴上。他问关飞，你会做什么。关飞说，会弹吉他。冯四清没言语。稍停顿下关飞又说,我脑子好,什么都可以学。冯四清抬眼看了下关飞,右边嘴角向上一提,发出了一声低沉的笑。他把没点着的希尔顿扔进脚旁的垃圾桶里,站起身拿起衣架上的外套,他说,先留下来试试吧。屋外的雪积得有点厚了,冯四清把一串钥匙递给旁边的一个男人,你去把我的车开出来。男人接过钥匙,干脆利落,好嘞,哥。那是一辆白色宝马轿车,冯四清钻进车里,前面没多远上桥就能进入刚开通的京通快速主道,他打了一把方向,宝马车不一会儿就消失在雪色中。

往后的两年多时间,关飞在黑石榴歌厅摸爬滚打,凭着自己的聪慧和勤快,从服务生升到领班,做得还算不错。对于一个来北京闯荡的年轻人来说,他的事业一帆风顺。可生活中总有意想不到的事情发生,一旦碰到祸,一切就变了。

关飞再次从梦中醒来,他呆呆地望着头顶的天花板。这是在沈阳第二人民医院精神科的一张病床上。他从北京回来后就像变了一个人,不和任何人说话,每天好几次打一个固定的传呼号,然后就站在那里等,可从来都没接到过回电。关飞的家人也问不出是谁的号码,一段时间后,关飞已经瘦得不成人样了。他的家人发现,关飞睡着了也是睁着眼睛。在自己的梦里，他看到他和一众小姐到黑石榴歌厅旁边的小馆子吃消夜，白雪就坐在他的对面笑，她的笑声很纯洁。关飞被她身上的香水味道瞬间迷晕了，那个香味就像从她肩膀上文着的那朵红色玫瑰里散发出来的。白雪当然不是她的真名，除了查身份证时，小姐们很少能用到自己的真名字。听说你会弹吉他？白雪在问他。他说，嗯。她说，那你怎么不给我们弹两段。他说，好。消夜的卤煮很不对关飞的口味，他觉得臭死了。回到黑石榴歌厅，他取来吉他问白雪，你喜欢什么。她说，《绿袖子》。我不会这个。小姐们都不耐烦地走了。关飞说，我弹个《灰姑娘》吧。白雪笑着说，我明明是白雪公主，你弹什么灰姑娘。

怎么会迷上你，我在问自己。我什么都能放弃，居然今天难离去。

他想把眼睛闭上，可一闭就进入到了另一个梦里，那是个噩梦。冯四清的生意很多，黑石榴只是其中一个，他会隔三岔五过来。每次来，关飞都会帮冯四清把白色宝马停在后面的小院子里。院子外是黑石榴歌厅的后门，后门上了一把密码锁，关飞输入了几个数字，门咔嗒响了一下。那扇门特别沉，足足有一百斤，关飞抠着门把手使劲往外拉，一束晨光顺着门缝照射进去，他紧跟着也挤了进来。关飞在梦里闭着眼，他看到门合上，里面一片漆黑，远处有音乐声，声音不大，感觉起码是从二里以外传过来的。这个点包厢里还有客人？他不解。顺着这条密道一直走，他大声喘着粗气，走几步就停下来歇一歇，越走越远，似乎有黏稠的液体挂在了脚上，让他的身体变得很沉。关飞使劲地睁了睁眼睛，身子猛地打了一个激灵，他必须得从这个梦里醒过来。

一九九八年春节刚过没多久，白雪失踪了。留给关飞的只有一个传呼号。可她的笑声、她乌黑的眼睛、她肩膀上的那朵红色玫瑰花、她下巴上的美人沟、她右耳垂芝麻粒大的黑痣总在关飞眼前转来转去。从那以后，关飞只要睡着就会做那个噩梦，噩梦的后半部分，是关飞在密道里拖着白雪的尸体往前走，远处的包厢正在放《灰姑娘》。

怎么会迷上你，我在问自己。我什么都能放弃，居然今天难离去。

　　有几次"黑石榴"的老客户来玩，关飞都表现得很怠慢。冯四清知道后骂了他一顿，他的宝马车再也没让关飞去停。有一天关飞被叫到冯四清的办公室问话，冯四清问他最近有没有白雪的消息。关飞被问得十分紧张，他说，没。他看到办公桌上那把宝马车的钥匙链上多了一把红色折叠刀。冯四清察觉了这一幕，顺手把车钥匙收了起来。

　　关飞住的公寓是冯四清给黑石榴歌厅的员工统一租的，六个人一个两居室。他发现楼道里多了一架摄像头，就对着他们的房门，每天进出的时候摄像头就会跟着转动。他知道这是冲他来的，有人在监视他。最近一段时间他都在失眠，头痛欲裂，每天天一亮他就被迫从床上爬起来。关飞下了楼，公寓就在北京第二外国语学院的后面。他随便找了个早点摊子，要了一笼包子和一份豆浆，正要往豆浆里加糖，老板一把拿过去桌上的瓶子，笑嘻嘻地说，糖没了，我给你加点。新拿上来的糖瓶子，泛着黄色的透明颗粒，他心想，完了。关飞把早点钱放在桌子上快速离开。

　　在通惠河边关飞坐了下来，有一个形迹可疑的人在他周围转悠了几圈走了，下午又来了一个吹唢呐的老头，从他的吹奏里能听出来这是个假冒的，他一定有事情。
关飞心想，随他们去吧，我需要知道一些事情。可一直
到天完全黑下来，什么事情也没有发生。关飞感觉到饿
得厉害，他去吃了一碗刀削面。晚上他又来到黑石榴歌
厅，他的领班一职已经被别人顶替了。换上服务生制服，
关飞从吧台里接过一个水果托盘向着包厢走去。几个钟
头以后，一辆警车停在黑石榴歌厅的大厅前，从车里下
来了四个人，身穿警服。他们看到大厅里的关飞，箭
步冲了过来。关飞来不及逃跑，顺势蹲下，抱着头大喊，
不是我！紧接着，关飞被人在头上打了一巴掌，他抬
脸看，是冯四清，刚才的警察也不见了。关飞蹲在一
个包厢门口，冯四清摇晃着一身酒气，用他那副公鸭
嗓说，操你妈的，干吗呢？

　　从黑石榴歌厅离职的第二天，关飞买了一张回沈阳
的火车票。当晚，他在通惠河边找了个僻静的地方，他
坐下来抱起吉他，可无论怎么弹，音都不准，他觉得自
己再也弹不出什么歌来了，于是从包里拿出来准备好的
一小瓶汽油，点燃了那把琴。

　　在沈阳住了两个月院后，关飞出院了，他的精神似
乎好了一些，但头痛依旧伴随着他。他始终回忆不起那

天晚上到底发生了什么。白雪的失踪和他有关，即使在他病得最重的时候他依然在心底死守着这个秘密。他把白雪的尸体藏到哪里了？究竟是什么原因才让他起了杀人之心的呢？关飞没有找到答案。

秋天，关飞在家人的陪同下去了趟哈尔滨，因为那里有一场演唱会，都是他喜欢的歌星。可是他并没有等到他想听的那首《灰姑娘》。关飞看着人群中闪烁的荧光棒，突然变成了无数把刀子向他刺过来。他仓皇逃离，一口气跑了很远，才想起他妈还在体育场门口等着他，于是又折回去。当晚回来的火车，他妈买了两张卧铺票，关飞躺在卧铺上，觉得自己就快要死了。

一九九九年底，北京市政统一拆除一些违章建筑，京通快速辅路上的黑石榴歌厅被列在其中。就在两个多月前的沈阳，关飞从一幢废弃待拆的筒子楼顶层跳了下去。早上一个拾荒的老头发现了他的尸体，他身体下面的积雪已被血染成了红色。拾荒老头的手里拿着一沓报纸，上面有一则不久前的新闻，来自内蒙古的新生代演员孟雪被曝出曾做过歌厅小姐。一张白雪时装照赫然在目。

客人已经全部走了，黑石榴歌厅里只剩下关飞和白雪。他俩依偎在包厢柔软的沙发上，关飞开始亲吻白雪，她乌黑的眼睛、她肩膀上的那朵红色玫瑰花、她下巴上的美人沟、她右耳垂芝麻粒大的黑痣，关飞不停地亲吻，他从未如此幸福。第二天关飞对白雪说，你做我女朋友吧。白雪扑哧笑了，她眯起眼睛说，你算老几啊！说完又笑。那笑声让关飞分不清是纯洁还是轻浮。

二〇一九年九月五日

剥狗人

剥狗人

"疤瘌眼"屠希成是大屠庄的剥狗人。他剥狗的手艺继承他爹屠真欻。"疤瘌眼"还有个哥哥叫屠希顺。可老大对这行深恶痛绝，上初中的时候，每次周末回家他都只背煎饼和咸菜疙瘩返校，狗肉，他从来都不看一眼。所以屠真欻传手艺的时候，连提都没提要传给老大的事。

屠希成的疤瘌眼是怎么来的呢？有一年，屠真欻带着屠希成去别的村子收狗，那是他第一次"出道"。那条狗性子野得很，没等爷儿俩出手呢，跳起来就一口。屠希成以为眼睛废了，恼羞成怒，满脸带着血把狗用绳子捆住，抄起钢条就把狗嘴给穿破了。他爹在一边缓过神来心想：这小子是吃这行饭的。

屠希成剥狗三十多年，再也没被狗咬过。每年清明的时候，他都会挑一只最肥的狗当天宰了剥好、炖好，再提上烧酒和纸钱，带齐了去给他爹上坟。他的左眼留下一条疤瘌，村里的人背后叫他"疤瘌眼"，村里的狗见了他就夹着尾巴跑开了。

鞋匠

连续有半个多月了，鞋匠每天上午都会摇着他的改装三轮车出现在我们巷子口。那里有一棵大榕树，鞋匠把他的摊子就安在树下。几把小马扎倚靠在树旁，有来修鞋的人就随手拿来坐下，偶尔也会有三两个上了年纪的人坐在他摊子前与他闲聊。鞋匠的一条腿很细，据说是小儿麻痹留下的后遗症。他很少参与别人的对话，有时候别人和他聊天，他也是择着回那么一两句。有好事的人追问过他娶没娶媳妇，他低头笑而不答，大家都觉得鞋匠是个害羞的人。

鞋匠每天的午饭都用一个长方形铝合金饭盒装着，

等到吃的时候早就是凉的了，他从三轮车上取下热水瓶往里倒些开水，胡乱往肚子里扒拉几口。巷子里的高奶奶看见他每天这样吃饭心里不落忍，她把饭盒要过来，拿回家用蜂窝煤炉子加热后再送来，有次还给他带了几块炸带鱼，另外一次拿来的是她家包的饺子。鞋匠笑笑，倒是没怎么客气。

深秋的一天，大伙儿都在议论，王爷爷的小孙子打酱油回来看见鞋匠被人欺负了。有个男人骑着自行车从大榕树下路过，没多久又掉头回来了，他指着鞋匠就骂，鞋匠没有还嘴，只是不停地赔不是。那天天凉，大家都没去大榕树下，不然鞋匠就不会让人欺负了。

那以后没几天，鞋匠就消失了，再也没有出现在巷子口的大榕树下。高奶奶每天去榕树底下等，可始终等不见。后来大伙儿才知道，高奶奶她儿媳妇的一双进口皮靴还在鞋匠那里修着没拿回来呢。

理发员

"迪斯科"发廊是县城里最时髦的理发馆，老板叫小东。凡是从"迪斯科"出来的人都会顶着一头大波浪。

如果你是中午出来的，小东说，担保你晚上从舞厅跳完迪斯科，发型都不会乱，因为整个县城的理发馆，只有他舍得给顾客喷定型发胶。

"迪斯科"发廊里的音乐也是最时髦的，每天从上午开门到晚上打烊，小东的双卡录音机一刻不停，小虎队、红孩儿、草蜢、王杰……一盘接着一盘。如果他正给人理发，他就会让排队的客人帮他换磁带："兄弟，换那盘张雨生的。张雨生！这是邰正宵……"

去"迪斯科"理发的人都是县城里时髦的年轻人，像我这样刚上小学四年级的孩子应该不怎么多。有一次一个烫着头的时髦女人调戏我说："小弟弟，让我给你吹风可以吗？"我当时脸就红了，羞得连话都不敢接。我的班主任问我的大波浪头是谁给吹的，我说是理发员，班主任说，下次别吹风了。可我在"迪斯科"发廊一剪就剪了很多年的头发，每次从"迪斯科"出来时我都自信心爆棚。

后来县城里开了很多温州发廊，那些南方人似乎更时髦，他们把头发染得五颜六色，越来越多的人都去了那里。我忘了我是从什么时候也换了剪头的地方，"迪斯科"发廊和迪斯科这个词一样，也不知道什么时候就消失了。

老油条

学校门口有个小铺子，铺子的主人是个老头儿，同学们都叫他"老油条"，因为老头儿就是卖老油条的。老头儿姓万，你问我怎么知道的？因为他的两个孙子和我是同班同学，哥哥叫万建国，弟弟叫万建华，他们家是炸油条的。

油条五分钱一根，辣汤四分钱一碗，豆粥三分钱一碗。我每天的早点钱是一毛五，可以吃两根油条，搭配一碗辣汤或是豆粥，不管怎么搭配，钱都花不了。可我通常是什么都不买，等上午第二节课结束，我跑去校门口"老油条"的铺子买一根老油条吃，这样我就能攒下更多的零花钱。老油条就是回锅又炸过一遍的油条。万家早晨卖剩的油条会再回锅炸一遍，这样就变得酥脆，不会软，然后放在老头儿的铺子里继续卖。生意人精打细算。

"老油条"是个受同学们欢迎的人，并不是他卖的老油条有多好吃，而是他喜欢逗人开心，自己脸上也总是笑呵呵的，我有时甚至不是因为饿才去他的铺子里买老油条。每次我飞奔到铺子跟前就冲他喊："老油条，来一根！"他就笑呵呵地给我包好油条，冲我说："小能豆子，你天天不好好吃早饭，攒下钱娶老婆吗？"

可他的两个孙子是我们班上最不受欢迎的人，连老师也不喜欢，因为他俩身上常年有一股油花的恶臭。正因如此，这个学期新来的班主任把他俩安排在最后一排的一个桌子上上课。

那天上午，班主任正在讲课，教室门被人一脚踢开了，所有人都被吓了一跳，等大家缓过神来才发现门口站着的人是"老油条"。"老油条"指着我们班主任说："你出来，我和你评评理！"

事情最后的结果是万建国和万建华被重新分了位置。他兄弟俩的数学成绩一直到五年级毕业都保持在我们班的前几名，不过在一个无形的氛围里，大家始终对万姓兄弟不太友好。万家一直做着炸油条的生意，读初中的时候，他们家盖了一套方圆几里最漂亮的小洋楼，我每天从他们家门口路过，再没有见过他们的爷爷"老油条"，不知道是不是死掉了，那时候我已经和他们不在一个班读书了，无从获知。

山野樵夫

尚湖旁边的埭溪村有一位年过七旬的鳏夫，乡邻都称他为"奇人"，他却不以为然，自己给自己起了个绰号"山野樵夫"。他的妻子很早就病逝了，他们育有一子，并不以砍柴为生，年轻时"山野樵夫"是个编外的乡村老师，后转正干到退休。儿子从小受他影响爱读书，高中时就被保送到京城读名牌大学，违离膝下几十载，如今在外娶妻生儿，事业有成，每月按时往家寄钱不少。老人每天喝酒写字，写字喝酒。他的毛笔字写得极好，远近闻名，多年间大大小小数不尽的文商政客都驱车来求字，可他的脾气性格非常古怪，千金难买他高兴，一个不乐意就把人拒之门外。可以说，来求字的十之八九都会白跑一趟，唯独村里的孩子们来要他写，他才来者不拒。

老人对孩子唯一的要求就是求的字不能带走。让他写什么他就写什么，"好好学习天天向上""神雕侠侣""毛主席万岁""孙大宝是条狗"他都写，写完看完一把火就烧掉了。如果碰到他多喝了二两，他也伏案疾书，一边手下如走龙蛇，一边嘴里还念念有词："何桀纣之猖披兮，夫惟捷径以窘步。"书写完又拿出他"山野樵夫"的印章落款，他让孩子们拿回去，可谁也看不懂写的是个啥，才不要呢！

　　我老婆的高中同学是埭溪村的人，问她老人的现状，她说头几年老人得了阿尔茨海默病，谁也认不得，有一天他把自己大大小小的毛笔一把火全烧掉了。后来他儿子把他接到外地去生活，埭溪的房子也卖掉了。

王母娘娘

　　"王母娘娘"是我家的后院邻居。她说她是王母娘娘派到人间的化身，当她施展法术为人祛病降魔求财算运时，王母娘娘就会附她的体。那一刻和后来在电视上或者网络上看见的算命先生一样，滑稽且笨拙。"王母娘娘"很少出门，偶尔被我碰见，我会调皮地叫她王阿姨，其实她不姓王。对于我的不礼貌，她总是立刻就反击回来，她瞪着我说："你不敬，娘娘会诅咒你！"

　　"王母娘娘"家的大铁门总是用一把大锁紧锁着，有来算命的人都心知肚明，敲完门就在一旁等着，过不多久就会有人从铁门上的窟窿里把手伸出来开门。暑假里，我埋伏在我们家的房顶上看"王母娘娘"家的院子，配房外或站或蹲着许多人，正房外的大香炉里烛火旺盛，"王母娘娘"在屋里正给算命的人施法呢，隐隐还能听见她嘴里的念叨声。

后来有个记者化装成算命的人来暗访，新闻上了县报纸，派出所找到了村委会，村委会又来找"王母娘娘"做工作。可她不理，指着村委会的人就骂："神仙的旨意也敢违抗！你们胆子也太大了！"骂走了村委会的人。第二天警察来了，警察并不怕"王母娘娘"，直接把人带走了，临上警车还问她："你问问娘娘，会拘你几天？"

"王母娘娘"下岗了。

两年后，我爸做生意失败，我们家房子被法院没收了，从此过着居无定所的日子。不知是不是被"王母娘娘"诅咒了。

二〇一九年七月二十七日

残狗阿明

几个月前我第一次见到她时就被她迷住了，我以前从来没见过有谁像她这样漂亮。我总是在离她不远不近的地方偷偷地看她，我害怕被她发现，我太丑了，还是个跛子，我和她不是一个世界的，我知道我只有偷偷看的份儿。

她叫崔茜，和她一块儿的那个女人这样叫她。她就住在公园附近一个豪华小区里，这是我那天偷偷跟踪她发现的。每天下午那个女人总会带着崔茜来公园，看得出来她很疼爱崔茜，崔茜跑到哪里她就跟到哪里，生怕被别人不小心踩到。崔茜长得很小，而且腿很短，要不注意还真是不怎么容易发现她。有时人们看见就会停下来逗她，所有的人都说她漂亮可爱。崔茜很高傲，对于这些称赞她从来不放在眼里，甚至连尾巴都不肯向他们摇一下。崔茜是有高傲的资本的，因为她太漂亮了，就算是她冲你叫，也没有人会不高兴。相反，我就没有那么好的命了，我的一条腿就是被人打断的。

有一次崔茜看见了我，她向我跑了过来，我激动极了，虽然我知道我们俩是不可能好的，但我还是高兴得不得了，我这辈子还没和这么漂亮的同伴说过话呢。崔茜冲我叫了两声，我知道那并不是什么敌意，只是我们狗和狗之间的问候。我没有冲她摇尾巴，反而向后退了两步，我不能让崔茜发现我对她有半点非分之想。那个女人也跟着追了过来，她捡起地上的树枝向我示意，我一点都不怕她，换个时候我能用嘴撕开她的小腿肚子，但我没有那么做，我走掉了。

晚上我就睡在公园里，这是一天当中最难熬的时候，周围静得可怕，我也得跟着保持这种安静，因为要是让公园巡逻的人发现那就惨了，上次他们三个人拿着棍打我，幸好我跑得快，要不绝不是丢掉一条后腿那么简单了。我讨厌自己，不但丑而且长得还那么大。你知道吗？从我很小被丢到这里，我就没有一天是吃饱的，这周围任何一个地方我每天都要翻一遍，那些被丢弃的零星食物怎么把我喂得这么大！如果我要像崔茜那么小巧，就不会整天那么饿了。算了，还是不要那么天真地想了，如果我真像她那样，从一开始就不会被丢到这个鬼地方来。

凌晨的夜空是明亮的，有无数星星在头顶上面，我试着去数过它，可总也数不清。不过它的确很美，像崔茜的眼睛。

公园开始改造里面的一些设施，每天都有一大帮子人在这里干活。崔茜有两天没有来公园了。是啊，那个女人怎么会带她来凑这帮干活的民工的热闹呢。在他们眼里，其实那些民工比我也强不了多少。说来也怪，人的心真是捉摸不透，他们把我们分了等级，自己也没超脱这种规则。

这两天来公园的人少了许多，吃的也就更少了，我很饿。中午，我依然没找到食物，我趴在地上看那帮干活的人在吃饭，算计着一会儿能不能捞点地上的残羹剩菜。有个人看见了我，他冲我招手，我明白他的意思是让我过去，但我不敢，因为他周围有很多在一起的人，他们蹲在那里大口地嚼着嘴里的饭菜。那个人从手中的碗里夹起了一块肉向我示意，我闻得到那个香味，美极了。我想现在除了崔茜的出现才能改变我前进的方向。我朝着那人，确切说应该是朝着那块肉，缓缓地走了过去。

我的皮是被倒吊着给扒了去的，因为我的头冲下，所以我看不见自己的身体，不过我听见那帮民工在说，妈的，看着怪大哩，没多少肉嘛。这话让我稍微开心一点，以前我讨厌自己的肥大，死了以后才知道，原来肥大的只是一个空壳而已，我没有白死。当我走过去知道自己走进了陷阱时，我没有撕咬反抗，我看见了那块肉掉在了地上，我奋力地用嘴叼住了它，这是一块很好的肉，它很有分量，我相信它可以满足我一会儿。现在我的尸体被倒吊着，那块肉在我嘴里含着，我是不会轻易把它吞进肚里的，美好的瞬间对于我来说并不多，我要慢慢地品味。崔茜现在一定也在享受着美味，我知道我看不见她了，但我并不伤心，活着的时候我又能和她怎样呢……

凌晨的夜空，我变成了一颗星星。

二〇〇四年十二月九日

一只将死的猪

事发之前，我在侯家已经生活了三年半，每天吃着侯家父子用豆饼和烂菜和的猪食，我身上的膘曾是侯老汉赖以炫耀的资本，我总共产过五次猪仔，大多数都活了下来，可到最后还是会被拉走。可以说这几年都是我在养活着侯家父子，而这两天侯老汉的脸拉得长长的，早上他拿掘猪食的舀子狠狠地砸了我的脑袋，食槽里依旧空空的，而我的脑袋到现在还疼。

四天前，五仔第一个发病。那天一早就下雨，侯老汉的小儿子焕明来给掘猪食，五仔趴在窝里，我唤他他不理，焕明也跟着啰啰地唤了几声，五仔也不动弹。等我和几个猪仔都吃差不多了，五仔还在窝里趴着。我过去拱了他几下，一拱才知道，他身上热得厉害。我吩咐几个猪仔一起喊，先是焕明从屋里出来，他在猪圈外头看了半天，我给他说五仔病了，发热呢，可说也说不明白。焕明隔着圈栅栏唤五仔，没用，他就喊他爹。没多会儿老汉出来了，他穿着雨鞋出来的，二话没说就进了猪圈，老汉蹲着看了半天，对他小儿子焕明说，赶紧去喊马兽医。

马兽医是打着雨伞来的，脚上穿的是双胶鞋，侯老汉吩咐焕明拿了双雨靴给兽医换了，这才都进了猪圈。到底是医生出身，马兽医扒拉着五仔的耳朵看了看，又扯他的后腿，我这才看见五仔的大腿根儿青一块紫一块的。兽医对老汉说，情况不好，是猪瘟。接着又说，急性的，赶紧想办法处理吧，没得治。侯老汉不死心，拿出烟卷让马兽医，让他再想想办法。马兽医没接他的烟，换了胶鞋就往家门外走，边走边说，赶紧挖坑埋了，剩下的猪也不保险了。

中午五仔死了，身上一点点地变凉，僵直地躺在窝里，侯老汉双手拎起五仔的四条腿，摇晃着从猪圈里走出去，雨已经停了，可院子里全是泥，和猪圈里没什么区别。焕明在院子里的梧桐树下刨坑，边刨边和他爹说：爹，我一会儿做饭，你先给猪和点儿猪食吧。老汉嘴里嘟囔了句：还喂它娘了个×！

这病来得太快，第二天就是老二和老三，两个猪仔鼻子里不停往外流脓，身上也热。侯老汉在院子里一遍遍来回走，烟卷没等烧到屁股又接上一根儿新的。早上的猪食还在槽里，六仔和老四吃完嗷嗷了几声就跑开了，不远的梧桐树下埋着昨天才死掉的五仔。老汉背着手冲一旁的焕明说：驾辕！他儿子也嗷了一声，就去东墙根儿收拾排车。老二和老三就这样被他爷儿俩绑着抬上了车，不知道他们从哪里找来了两块烂纸箱子，侯老汉往两个猪仔身上一盖，他嘱咐焕明从屋后面走，扔到村外的沟里。

半夜里又下雨，老二和老三还在沟里，天作孽啊这是。第三天晌午，侯老汉和小儿子焕明正蹲在院子里吃晌午饭，邻居老杨端着饭碗就进来了，他瞅了眼侯老汉碗里，一样的红薯稀饭。侯老汉冲老杨指了指地上的腌咸菜盘子，老杨夹了一筷子丢进稀饭里。

老杨说：走霉运啊！

侯老汉叹了口气，没说话。

老杨又说：你听说没？昨晚上的事。

侯老汉问：啥事？

老杨说：你扔的两只猪仔，天没黑就让人从沟里拉走了。

侯老汉说：谁说的？

老杨说：有人见了，两个开着小货车的人，大铁钩子往身上一钩就扔车上了。

侯老汉说：哪里的人啊？猪瘟，吃了会死的！

老杨说：死什么啊，挨饿的时候啥没吃过。要我说，卖了多少能换俩。

老杨走后，侯老汉跑到猪圈里，先是抬老四和六仔的腿看，又过来扯我的耳朵，我冲他嗷嗷了两声，他冲我骂：×你娘，你个老母猪。侯老汉在院子里对他的小儿子焕明说：你去你姐家，让你姐夫找人来弄。

隔天中午，他的小儿子焕明领来一个生人，生人站在猪圈外头看，我一闻，原来是个屠夫。老汉把烟卷递到他手里，点上火。屠夫叼着烟就进来抓六仔，六仔拼命叫着跑，侯老汉拿着舀子跟着追，六仔被捆住了，接着是老四。他俩被屠夫和侯家爷儿俩抬出了家门，猪圈里留下一地稀泥，还有我这只老母猪。我发疯了一样冲破了猪圈的栅栏门，冲向侯家的大门口，大门敞开着。

我跑啊，沿着这条不知道通向何处的路，头也不回地跑。我听见身后侯老汉的叫喊声，不过它离我越来越远。我撞飞了几只鸡，不远处是老杨的媳妇，她的肩膀上扛着锄头正往我这边走，我从她的身边跑过去，她张着嘴，我看见了她嘴里的烂牙。这条路显然不对，那是通向地头的，那里会有很多下地干活的人，过不了多久我就会被他们围堵住。我掉转方向继续跑，经过路口的一个石碾，两个半大孩子正爬在碾上玩，见我冲过来，其中一个哇啦一声吓哭了。我跑得上气不接下气，街上有几个老头正在太阳下玩纸牌，几只该死的狗一直穷追着我狂叫，它们都是侯老汉养的奴才吗？

　　我似乎跑出了村子，因为那几只疯狗不再追了，可是我不敢掉以轻心，我换了条小路，来到一个臭水沟边，喝了两口臭水，不知道这里是不是老二和老三被铁钩子钩走的地方。天杀的，没一个好人，下辈子轮到你们当猪，我用铁钩子一个个钩你们。现在顾不了那么多了，我得继续跑，沿着臭水沟往下游跑了一会儿，我看见有个很大的水泥管道，那里面或许可以稍微歇歇。我钻到管道里，里面黑漆漆一片，不知道哪来的恶臭扑面而来，再往里仔细看了看，像有一堆什么东西扔在那里。我喘着粗气走了过去，是一个布包袱，我用鼻子拱了几下，包袱翻了个个儿，我这才看清，里面裹着一具死婴。我想应该给自己补充点能量，这比用豆饼和烂菜和的猪食要强，对现在的我来说，这是不错的一顿。可不一会儿我就听见外面有动静，不好，准是追来了。我看了眼死婴，他好像也睁着眼看我和这个世界。外面的声音离我很近，我钻出管道，迎面撞见了侯老汉的小儿子焕明，他正推着自行车往这边走，当时他可能被我吓坏了，一屁股就坐到水沟里，没命地喊着：爹，吃人了！吃人了！

半夜，我躺在一片玉米地里，身上发热，我知道是猪瘟，在这里躺着真不舒服。走不动了，如果能走，我想还不如回侯家，倒不如死在猪圈里，至少那里还有软和和的一地稀泥呢。现在呢，现在最好别让我再看见天亮了。

二〇一九年三月二十八日凌晨

半张脸

　　李木亮出他的警官证给负责安检的人，并不耐烦地解释着：我的医院证明忘家里了，你们打电话给公安局，现在就打，他们给我证明。周围围了一些人，有人在议论是不是恐怖分子，李木听见这话有些哭笑不得。半分钟后，一位三十多岁的高个子男人出现在大家面前，他和刚才核对身份证的工作人员嘀咕了一阵，又看了李木的警官证和身份证，脸上强挤出一些笑意，对李木说：李警官，多谢配合我们的工作，请您下次乘坐飞机还是要带上医院出的证明，这样不至于大家都麻烦。李木瞅了高个子一眼，想说些什么又咽回去了，似乎觉得此时不理这个人才是对他最大的蔑视。

　　飞机在万里晴空下飞行着，窗外是云，比在地上抬着头看时还要白上好多倍。李木问空姐要了一杯咖啡，咖啡不烫，他两口就咽了下去，这时他的左脸不由自主地抽搐了几下，他用手摸了摸那块脸皮，隐藏在脸皮下面的是半张死脸，用钢板支撑着不至于塌陷，还有鼻子，也是假的，李木记得小时候去马戏团看见的小丑，他们都顶着一个假鼻子。他想把刚才的气也随着咖啡咽下去，可无济于事，他似乎比刚才在机场时还气，不是气安检的人，是气自己的命。一切都是从那个冬天开始改变的。

一九九八年，新婚刚过的李木在河北隆化县一个街道派出所当警员。那年年关将至，天冷得不近人情，从进入冬季雪就没化过，地上的冰有半尺多厚，出门的人连眼睛都不想睁一睁。烘炉街派出所里协警刘玉山把炭炉子鼓捣得嗷嗷叫，大家轮流过来烤手，连所长佟连强也捧着大茶缸子往炉子边上蹭。

烘炉街派出所总共十五人，可除了所长佟连强、副所长金磊、教导员索盖明，还有警员李木四人在行政编制内，其他人都不在编，全是雇佣兵。平时出警，基本上都是所长佟连强亲自带队，加上他本身是满族，身上有股子野劲儿，不管碰上流氓打架还是泼妇骂街，只要有他带队事情就办得顺。

教导员索盖明也是满族，可性格内向，他负责内勤，管管户籍什么的，除了上班和下班的路上，平时不出派出所大门。索教以前没那么内向，结婚当天媳妇给车撞死了，司机不是别人，是索教的亲哥。晚上哥儿俩一起喝酒，完了出门回家，一倒车就把兄弟媳妇给碾死了。他哥后悔得给索教磕烂了头，索教一把拉起他哥说，哥，你再倒一把，把我也碾了吧。索教一直没再找媳妇，把酒也戒了。

副所长金磊是从丰宁县调过来的，以前在丰宁下面乡里当所长，犯了错误，在家蹲了三个月又给调隆化来了。金磊好喝酒，经常早上就带着一身酒气，工作上有一搭没一搭。他就住在所里，一周或半月才回丰宁一次，下了班也没个家人说话，难免喝两口，佟连强也是睁只眼闭只眼，这是在县里，哪有那么严的规矩。可正是没有那么严的规矩，才让金磊从丰宁受了处分调到隆化来。在丰宁县时金磊是在乡里当所长，那个乡穷得出名，平时逮着偷鸡摸狗打架嫖娼的，也罚不出来多少钱，所里没啥油水儿。金磊当所长时有时开着所里的车，拉上两个协警去北京西客站抓黑车司机，黑车司机也不知道他们是河北的警察，一吓就吓得交了罚款。可常在河边走，哪有鞋不湿的，有次被一个黑车司机发现了他们的警车牌照不对，报了110，结果金磊几个人被堵在京承路上，警察截警察的车，这事还真不多见。金磊的事是他自己喝完酒给协警冯胖子讲的，大家都知道。

警员李木，警官大学毕业，本可以分到市局工作，可他爸却执意要他回隆化县，天高皇帝远，在这里混个所长不难，比在外吃香。李木曾动摇过，最后还是听了他爸的话。李木有外勤出外勤，没有外勤就帮着教导员负责内勤，毕竟他是在编警员，有时候处理工作，协警不方便。

所里有一辆吉普213，出警时所长佟连强开，有时协警刘玉山帮着开。所里在编人员少，配置也少，一把手枪所长管着，四根橡胶警棍，在编人员每人一根，剩下的协警全是镐把子，吉普213后备箱里十来根镐把子堆在那儿。协警冯胖子刚进所那天，所里接到报警电话说有抗拆迁的钉子户闹事，佟连强开着车拉上人就去了现场，结果那帮人也都拿着镐把子，两句话没说好，打了起来，冯胖子没来得及换警服就跟着去了，结果打乱了，这边人以为冯胖子也是抗拆迁的，一顿镐把子轮

　　一九九八年，这天是腊月二十三小年儿，李木下班回家，媳妇那娜已经炒好了菜温好了酒，两人盘腿上炕碰杯共饮。媳妇那娜也是满族人，长得漂亮，性格开朗又会持家，洗衣做饭收拾屋子没让人操过心。李木拿这媳妇当宝，平常照顾有加，当然夜里更没少疼，有时一夜疼几次，搞得李木第二天眼圈发黑，腰酸腿疼的。所里协警刘玉山他们几个经常拿李木开玩笑，公粮哪有这么个交的，不分分季，天天来啊。晚上那娜骑在李木背上给他揉腰，揉着揉着李木又翻过身来要。那娜不同意，李木就装生气耍小性子：明天值班又不能回家。那娜到底执拗不过。

　　腊月二十四吃过午饭，教导员索盖明见没啥大事便请示所长佟连强，准备张罗大家开个年关会，总结一下工作，把所里给警员（包括协警）买的年货发一发。这时候协警冯胖子接到报警电话，城关饭馆有人打架。年关会只能回来开了。佟连强问：打架的有多少人？冯胖子说：就一个。佟连强冲李木和冯胖子说了声：走！吉普213放了几个干屁拉着警笛呼呼开走了。

　　城关饭馆里外聚集了好几十人，佟连强一队三人刚一到就被围了起来，你一句他一句，什么也听不清。佟连强大喊一声：老板呢？这才从人缝里挤进来一个胖男人。原来，饭点儿人多，一个服务员端着碗羊杂碎不小心碰在一个吃饭的客人身上，羊杂碎洒了那人一身，把人烫得够呛。那人二话没说，冲伙计就扇了一巴掌，伙计本来是要道歉赔不是，结果结结实实挨了一巴掌，那谁受得了。有错也不至如此吧，于是还了那人一拳。两个人便打了起来，谁知吃饭的那客人出手狠毒，从桌子上抄起一个啤酒瓶就往伙计头上砸，伙计瞬间头上脸上全是血，这下周围吃饭的其他客人有看不惯的，开始推那个人，那人转过脸就要打，结果彻底引起公愤，一帮吃饭的呼啦围了上来，把那人打了个半死。佟连强一队三人到的时候，那个人五花大绑，被一群人踩在脚底下呢。

李木往所里打了电话给副所长金磊，他们一队三人加上饭馆老板，要带着嫌犯去医院再回所，并告知索教，佟所说让等着下午回去开会。嫌犯四十来岁，一米七左右，略胖。李木问他姓名，这人闭嘴不答，冯胖子在车里拿起镐把子吓唬他，这人眼皮不眨一下。佟连强开着车说：先别问了，回去审。在医院时碰上了先来就诊的饭馆伙计，正在手术室外等着缝针呢，李木安排他一会儿去所里做笔录。嫌犯只是皮肉伤没大事，出来医院门，西北风飕飕刮，嫌犯鼻孔里流了一道鼻涕，迅速冻成了冰，因为他的手反锁着没法弄掉那冰碴子，那个样子实在有点可笑。佟连强一队人马匆匆回到烘炉街派出所。

副所长金磊审了一个小时，嫌犯支支吾吾，有用的信息一概没说，姓甚名谁都没问出来。冯胖子连着扇了嫌犯几个耳光，说天冷，得活动活动，金磊摔门出来。教导员索盖明主持了年关会，佟连强说：越到年关越不能放松警惕，不能给犯罪分子可乘之机，年后给局里再反映反映，争取弄点橡胶警棍来。又说：金所下班前再审一下今天的嫌犯，晚上李木值班，你们注意加强看守，晚上酒就别喝了，冯胖子回家点个卯也过来吧。要还审不出有用的，明天通报市局核查下，看看有什么别的事没。

李木晚饭后无聊地发呆，副所长金磊喊他喝酒，他谢绝了，他不喜欢金磊，没什么可聊的，便找了有在押的疑犯不能放松警惕的理由。李木想那娜了，结婚半年多，他最讨厌的就是值班。他在想那娜骑在他身上前后晃呢，那一刻他真想把自己整个人都醉死在她胸口里。

可现在，除了酒鬼老警察，隔壁提审室一个犯人，再就是守着的这个炭炉子了。冯胖子从家回来拿着一包猪头肉，他对李木说：李警官，走，去找金所喝两口？李木没理他，冯胖子便去找金磊了，两个人说笑声时不时回荡在烘炉派出所的院子里。窗户上蒙着一层哈气，李木用手指头在上面画画，他想画那娜，可画出来却像个稻草人。他想给那娜打个电话，可他们的婚房还没装电话，要打得打在楼下小卖部的公用电话，那么冷的天他又舍不得那娜下楼来接。隔壁的嫌犯喊报告，李木赶忙收起思绪来到另一间屋。嫌犯是被铐在暖气片上，看大门儿的老刘头从来没把暖气烧热过，所以他们在另一间屋子点了个炭炉子，冬天围着炉子烤手要比暖气片管用得多。嫌犯报告李木，说要撒尿。厕所在院子里，这个时候别说院子，就是在这间屋子里待着也冷。

李木解开铐在暖气片上的手铐，又铐在嫌犯的另一只手上，冲他说，去院子里尿，敢要心眼逃跑，我可一枪毙了你。李木站在门内盯着去撒尿的嫌犯，心里想，傻×，到底是图啥呢。等嫌犯尿完回来，李木重新给他铐在暖气片上。一切弄利索后，李木又开始了思索，当初真不该听家里非留在这个破县城派出所，要是在市局，怎么可能这么冷的天还要去监视犯人撒尿，这事怎么能是一个警官做的。他再次给嫌犯松了手铐，带他到值班的屋子里。他觉得既然今天倒霉要陪你，那就再行行好，让你暖和暖和。

嫌犯看了眼李木，说：我姓崔，崔红龙。

李木说：你贱啊，问你时候不说，这会儿招了，让尿憋的吧。还有什么要招的？都犯什么事了？

嫌犯沉默。李木看他一眼，点了根烟。嫌犯说：能给我一根吗？李木没理他，抽自己的烟，快抽完的时候，把烟塞在了嫌犯的嘴里。说：你要现在不想说，明天一早我提审你，你把该交代的交代了，本来也没什么大事，打个架，赔点医疗费待两天就出来了。

嫌犯猛吸几口，把烟头嘬干净，对李木说：警官，你今年多大？

还没等李木反应过来，又说：可惜了。

李木飞起一脚就踢在嫌犯裤裆里，指着就骂：妈了个 ×，给你脸了吧，我让你不识好歹。冯胖子！他本来想把协警冯胖子喊过来，让冯胖子狠狠揍他一顿（一般所里殴打嫌犯，都是协警动手）。可喊了一声，冯胖子也没过来，又想到副所长金磊也在，就又罢了。李木重新把嫌犯铐到了提审室里，故意铐在离暖气片距离远的地方。

　　冯胖子过了好久才回到值班室，满身酒气冲李木道：李警官，没什么事你就打个盹儿吧，我盯着你放心。说完没几分钟他就趴桌子上打起了呼噜。李木百般厌恶也没办法，他往炉子里又添了几块煤，紫红的火焰把李木整个人吞食了进去。李木看见自己在火舌里挣扎，又像是在跳舞，手里还拿着火铲子扭啊扭的，那身姿不是那娜嘛！那娜头顶一个火团正骑在一条红色的龙身上，她不停地扭来扭去，嘴里还唱着，李木听不清她到底在唱什么，只是从她嘴里发出呼呼的声音。他想跑过去把那娜从火里救出来，他的双脚被铐在了一起，每移动一步就要使出全身的力气，这时他的腰又开始酸了，妈的，这时候怎么能腰酸呢，李木伸长胳膊，就要够到了：我的那娜，我来了。李木大声喊着。就差一步，突然，眼前一道绚丽多彩的极光，接下来是死一般的黑暗。

　　李木再次醒来是数天后在北京协和医院。他的脸部没有任何知觉，医生在他的左面部百分之九十五的地方放进了钢板，鼻子完全粉碎，现在的鼻子是用膨体隆了个假的。当他睁开一只右眼时，他以为他到了北极。

协警冯胖子，当场死亡。

副所长金磊由于在另外一间屋子里逃过一劫。

嫌疑犯崔红龙，河北承德人，一九九八年十月伙同五人在当地舞厅杀死三人后在逃。烘炉街派出所案事发前一个月，崔红龙及其他两个在逃犯已被通缉。一九九八年腊月二十四日深夜，一伙人悄悄潜入烘炉派出所，用事先准备好的镐把子猛击在熟睡中的警员李木和协警冯胖子的头部，造成协警冯胖子当场死亡，警员李木脸部严重毁容。事发现场找到被劫犯遗留下的两把镐把子，以及剪断崔红龙手铐用的管钳。目前警方已发布对崔红龙及其他几位同伙的全国通缉令。

飞机开始降落，李木扣好安全带，他知道生命随时会给自己开一个大玩笑。他有好久没想到过那娜了，那个女人在他出院后不久就和他离了婚。崔红龙一直在逃，也许早就死了，谁知道呢。现在李木是市公安局的户籍科科长，日子过得很好，老婆孩子都很爱他，只是阴天下雨或者坐飞机安检时，他的左半张脸才会显得那么不自然。

刚才的蓝天白云不见了，现在是乌云密布。

二〇一四年九月九日

接机故事

我的代号是"LB -2"无痕迹智能人。记忆芯片里显示在过去九年,我的前身,也就是"YD-1",一直服务于本市最权威的肿瘤医院,拯救过无数高危患者。这些没有被删除掉的档案,是人类为我特意保留下的,他们认为以前的荣誉和过失有助加强我现在的使命感。现在我的身份是一名航空公司高级地勤人员,专门负责接洽一些有特殊身份的乘客,今天是我第一天上班。对了,忘了说,现在的我变成了一个女智能人,名字叫凌波,"凌波微步"的凌波。

你们不用对我过多地好奇,我是无痕迹智能人,简单说就是你们可以的,我都可以,吃饭、喝水、睡觉、放屁,甚至便便都一样臭。当然,我可以的,你们未必能做到，比如我能拥有一个图书馆的知识量，这保证了我在接到每一位重要的乘客时能和他们熟练地沟通。

上午 10 点 20 分，我接到我的第一名乘客王先生（抱歉，我不能透露乘客的真实姓名），他是一位中年地方官员，这次来本市是进修学习。王先生人很胖，走路有些喘，我接到他时，他拉着行李箱已是满头大汗。填完对接表，我接过他的箱子，并亲切地递给他一块手帕，王先生礼貌地退让了回来，并迅速从裤兜里拿出一小包纸巾把脸擦干净。为避免尴尬，我从记忆库里调出最新的国内要闻，以备和王先生路上聊天时派上用场，不过这位王先生是个不善谈的政客，当然，我更愿意相信他是怕言多必失，直至把他送到来接的中巴上，一路无话。望着离去的中巴，我预测，此人将来的仕途会一帆风顺。

午饭是虾仁滑蛋、红烧罗非鱼、香煎猪扒、玉米豌豆什锦菜，主食是米饭，这些饭菜听起来都很可口，可是把它们装到一个塑料饭盒里，顿时失去了滋味，我只能胡乱扒拉两口。二楼高级地勤办公区域背景音乐放的是《成都》，记忆芯片提示最近这歌特别火，我没听出所以然，我需要换一首。我的下一位乘客是 12 点 50 分从大理飞过来的周先生，周先生是一位盲人，从事音乐和诗歌创作，我要搜索一下他的作品，以备不时之需。

"解开你红肚带，撒一床雪花白，普天下所有的水都在你眼里荡开。"美妙动听，这是怎样的一个人才能写出的歌词，我竟然在他的歌声中进入了梦境，梦里的我是一个真正的女人，我跳起了凌波微步，我在燃烧的房子里重生。对讲系统叫醒我时已经是下午1点10分了，我误了时间，该死！另一位地勤人员率先接到了周先生，并告知了我现在的确切方位，让我火速过去接洽，我心怀不安又有些激动。

他很消瘦，比刚才我搜索到的照片上还要瘦，离老远我就认出了周先生，他的站姿稍稍滑稽，双手紧握一支盲杖，人就那样杵在那儿，气定神闲。我撒了谎，谎称自己先去了飞机上接他。周先生没有抱怨，表示谅解。他很健谈，问我每天在机场跑来跑去身体一定很好吧。我的真实身份是不能告知被服务人员的，免得他们对我的工作不信任，所以我只能默认。我需要填关于对接乘客的部分资料，其实就是姓名、电话以及此行目的，我装着什么都不知道向他询问，他一一作答。有个问题是我自己想知道的，搜索引擎里没有这条信息，我问，婚姻状况？周先生急忙反问，啊，这也要填啊？我一时语塞，忙说，也可以不答。他说，离异，现在单身。太好了，符合我的期待回答。他在歌里不是唱了吗，"期待更好的人到来"。机场大厅里到处人头攒动，像锅里的饺子，不知道有没有更好的人。广播里正在播放一条信息，某位姓刘的乘客将身份证忘在安检处了。这时周先生的手机响起，是短信提示，他掏出手机读取，手机设置的是语音，声音有点奇怪和冰冷，不过那条信息被我清晰地听了进去，对方在说，周老师，我们已经到机场了，在接机口等您。

　　周先生是来参加关于鲍勃·迪伦研讨会的，鲍勃·迪伦是谁，我一点也不知道，不过这难不倒我，我保证两秒钟之内比你来研讨的知道得都多。很快，我们穿过了二号候机楼，再往前就是接客区，周先生的朋友应该在那里恭候多时了，可我心里不知哪儿来的想法，我带着他往相反的方向走去，我不是欺负周先生看不见成心恶作剧，我也不知道我到底怎么想的。他问，是不是飞机提前降落了，怎么走了这么久还不到。我心里扑通扑通在打拍子，四二拍，强弱，强弱，我忙谎称他的停机位是最远的，并迅速转移话题。我问他听说过鲍勃·迪伦未完成的作品《不要把我的骨灰撒在犹他州》

吗？那个叫乔的工人领袖被陷害谋杀，为了保护朋友的隐私，他放弃不在凶杀现场的证据，结果被判死刑。鲍勃·迪伦一直想为他写歌，却一直没有完成，你知道为什么一直没完成吗？因为鲍勃·迪伦后来想通了，乔无论如何都救不了自己，如果他说出不在场的证据，他自己就杀了自己，所以他选择沉默，让别人当了刽子手。乔是智者，起码比本市肿瘤医院外号"一刀"的大夫聪明，那个大夫曾经挽救了无数人的生命，可有一次他放弃了一个病入膏肓的患者，然后他也被消灭了。"YD-1"也始终救不了自己。周先生很可爱，他一脸懵懂说，鲍勃·迪伦身体还硬朗，也许还能写出来。

我们聊了好多，聊到契诃夫，他最擅长的是短篇小说，就像中国的阿城，从没写过长篇，但他的影响却远远大于那些写过多少长篇的人。聊到莱昂纳多·科恩，这些之前都是我不知道的人。周先生好像更喜欢莱昂纳多·科恩，但我觉得他的歌词太腻，看多了容易消化不良，不过如果光听声音肯定要比鲍勃·迪伦性感百倍。搜索引擎里说有记者问到鲍勃·迪伦如果愿意用一天时间做其他人，他会选择谁，结果他回答：莱昂纳多·科恩。挺有意思，我就没那么高的要求，换作我，谁都行，只要是个真实的人。这个想法让我有些不安，这和当初设计我时的概念有悖，我的认知里，无痕迹智能人可以取代一切真实人类，并具备高于人类大脑的超凡智慧。为何我会想做一个真实的人呢？周先生的家乡是东北沈阳，说话有点口音。很巧，不久前我去过那里，那时我还是外号叫"一刀"的肿瘤大夫。我被调往沈阳对一个秘密身份的病人进行抢救，任务属于高度机密，同行的医务人员谁也不知道病人来自哪里，官居何职。病人的癌细胞已经扩散至全身，即便是我抢救过来，最多也就是维持一天两天或三天的事，我清楚记得那个病人临终前的眼神，他冲我摇头微笑，示意我放弃，无比坚定。我从没见过那样的眼神，光芒四射，太阳在他面前都会黯然失色，病人是含笑离去的。那是我最后一次执行任务，他们曾为是否保留这次任务在我的记忆芯片里发生过争执。

我带着周先生又多绕了一圈，我的心始终扑通扑通跳啊，从四二拍变成了四三拍。多么希望就这样一直绕下去。候机楼里聚集的人越来越多，有乘客在抱怨航班晚点要求赔偿。我真想带着周先生在嘈杂的人群里随着四三拍的心跳跳一支舞，跳一支叫"凌波微步"的舞。

当然需要背景音乐，要一首欢快一点的四三拍，我快速搜索，伊迪丝·琵雅芙的《巴黎》最适合了，就这样跳下去，直到天荒地老、天长地久。我的对讲机再次响起，系统提示我下一名客人将在二十分钟后落地。我必须将周先生送到接客区了，不然周先生的朋友一定会以为他被劫持了呢。

　　就这么结束了，周先生被等待他的朋友顺利接走了，消失在机场大厅。下一名乘客是一对来中国旅游的英国老夫妇，我需要了解一下最近关于英国的各种新闻，使命感促使我要尽快适应这项新工作。

　　　　　　　　　　　二〇一七年八月二十七日

【补记】

　　《接机故事》到这里基本讲完了，不算科幻。这个故事灵感源自周云蓬的《飞行故事》，我读完后自己脑补了一个画面（算是个小恶作剧，捉弄下老周）：一个智能机器人带着老周在机场候机楼里画圈故意转悠，从而有了笨拙诗人和 AI 之间的一场对话。

　　《飞行故事》出自老周的小说集《笨故事集》，有兴趣的朋友可以找来读。两个故事放在一起看，可能更有趣一些。

辑二

边走边唱

春天的味道

　　春天有很多当季菜都让人喜爱。笋子、蚕豆，这些都是在北方菜场里不常见的蔬菜，还有一种叫"绣花锦"的绿叶菜，别的地方没有，只在湖州南浔才有种植，光听名字就觉得好吃，清香甘甜，嘴馋的人说这是吃春天的味道。

　　这两天香椿下市了，买了一把，又称了块卤水豆腐。一清二白，没吃过瘾，打开冰箱看，还有一包之前网购的六必居干黄酱，那晚饭就老北京炸酱面吧，香椿叶正好用来当菜码。老北京人爱吃炸酱面，如果赶上他们饿，你拿烤鸭和炸酱面让他们选，他们肯定选炸酱面，就像兰州人爱吃牛肉面一样。有一次我和野孩子乐队出去玩，有个朋友请客吃海鲜，张佺憋了半天说，有吃牛肉面的地方吗？我决定做炸酱面，其实是为了剩下的那半把香椿，这就叫物尽其用吧。

上海人春天喜欢吃"腌笃鲜"，春笋、五花肉、咸肉、面结，一起炖，有的人还喜欢放点莴笋在里面，吃肉喝汤，鲜。我的朋友梅二，他是上海人，这几年住在北京，每到这个季节，他的朋友圈就会晒出自己做的腌笃鲜，可北方没有春笋，买到的也不是最新鲜的。这时要有音乐，那首《乡愁四韵》最合适不过了。

我在湖州住了几年，一到这个季节，国道两旁有很多当地的竹农在售卖笋子，保证最新鲜，价格还公道。湖州人吃笋吃得嘴刁钻，我岳母和我说，去埭溪镇的104国道中段，有个叫施家桥的村子，那里的笋口感最好，要买就买那附近马路边的笋。

其实竹笋没什么营养，都是粗纤维，尤其胃不好的人不宜多食。可嘴馋的人，哪管有没有营养价值。

前不久我在景德镇演出，朋友储扬带我下馆子，点了一道瘦肉蚕豆羹，我第一次吃，奇鲜无比。回到家朝思暮想，跑了两趟菜场终于买到刚下市的带皮蚕豆，可这个蚕豆羹应该是人家饭店的自创菜，我查了半天，网上也没有制作方法。不过凭借一个吃客和半个厨子的经验，我成功还原了这道菜。蚕豆脱壳再去外皮，只留豆瓣，一半在榨汁机里打成浆，另一半和瘦肉一起下锅，加入打好的蚕豆浆，出锅前再勾芡粉水，一道青绿色的瘦肉蚕豆羹就做成了，我尝了一口，差点被自己感动。

在北方，韭菜一年四季有的卖，但会吃的人讲究吃春天的"头刀韭"。小时候回农村老家，赶上开春，堂哥堂姐一定要去菜地里割一把绿油油的小韭菜，回来切成末再炒几个鸡蛋，好吃不如饺子，那还不赶紧和面。等到六月了，韭菜臭了没人吃，只卖给城里人。

荠菜是野生的，南北方都有，也是春天常吃的桌上菜。凉拌、包馄饨、蒸包子、下饺子、炸春卷、煮汤圆，样样都行。小坞镇上的狗胜媳妇，想吃荠菜包子了，挎上篮子就去地里挖荠菜，一边挖一边寻思着要去街上割猪肉，荠菜喜欢猪油，割上十块钱的五花肉，多带点肥膘也没关系，蒸出来的包子更香。等挖完荠菜回家，一看大门忘了锁，两只小公鸡跑丢了。完蛋了，这下狗胜回来又得揍她。嘴馋的人不长记性。

"冬吃萝卜夏吃姜，咬春的油菜嘎嘎香"，过去菜农不舍得吃新鲜的油菜，要等着长出菜籽好榨油，我们吃的菜籽油就来自油菜的籽。油菜分"冬油菜"和"春油菜"。"冬油菜"到了阳春三月刚好长成,放蒜子炒一下,不用肉不用鱼也可以吃两碗饭。油菜好吃,油菜花更是美。据说在江西婺源,每年三四月去画油菜花的美术生比蜜蜂和蝴蝶加起来还要多。二〇一六年我和朋友紫阳骑摩托去内蒙古游玩,一路看着油菜花海,眼睛看到哪里,哪里都是金黄,我俩索性关掉导航任凭天高地阔。回来我写了一首歌叫《万里之外有晴空》,里面有句歌词:"不为高山不为海,只为路旁的油菜花"。

我还记得小时候的一个春天,我看见跳皮筋的女同学嘴里唱着顺口溜:"小皮球用脚踢,马兰开花二十一,二五六二五七,二八二九三十一。"马兰是谁,哪个班上的女同学啊,长得像花儿吗?原来"马兰"指的是"马兰草",一种野生植物,叶子可食,也叫"马兰头"。咦,真是奇怪,为什么我长那么大没吃过呢?放学回家了,我就让我妈去买马兰头,我说:"人家都吃过,为什么我没吃过?"我爸正和来串门的王叔谈事情,估计是谈得不开心,一听我要吃的,没好气地骂起来:"你没吃过的东西多了,狗屎你吃不吃?"大人真是不可理喻。于是我抹着泪跑到屋子里看漫画书,水手波比,吃了菠菜就变得力大无穷。骗子!菠菜一点都不好吃，我甚至觉得它是世界上最难吃的蔬菜。虽然波比的故事还是吸引着我，但我那天就想吃马兰头。那个春天，我下了课总会偷偷瞄着跳皮筋的女同学，搞得我心烦意乱，是马兰头的诱惑吗？

春天真是个让人迷惑的季节。

二〇二二年三月二十日

烧饼的故事

北方人以面食为主，烧饼在面食里有很重要的地位。在我的家乡有各种各样的烧饼，我能叫上来的就有大烧饼、小烧饼、麻火烧、挎包火烧、大锅饼、缸贴子、肉盒子等，种类繁多。我离开家乡多年，想得最多的事其中就有烧饼的美味。因为喜欢这一口，每次我出去巡演不管走到哪个城市，只要碰上有卖烧饼的总要买一个尝尝味道，不过说实话，其味道很少有能和家乡的烧饼相比的。

小时候每到开饭前都是由我去换烧饼，换烧饼就是拿着家里的粮食（可以是麦子也可以是面粉）去烧饼铺换，一斤麦子换一斤烧饼，另外再给点加工费，如果拿的是面粉加工费就更少一点。当然你也可以直接用现金买烧饼，一块二一斤，六个大烧饼，足够当我们一家四口人一顿饭的主食。烧饼铺就开在我们家北边，老板是兄弟俩，哥哥个子矮小，特别喜欢跟人聊天，不管是老人还是我这样的小孩，他总是嘻嘻哈哈滔滔不绝；弟弟人高马大，还有张英俊的脸，他很少和顾客交谈，但脸上也总挂着笑容。他们做的是我们叫大烧饼的一种烧饼，因为它很大，差不多比脸盆底还要大一圈。两人分工不同，弟弟负责在面板上的工作，还有称顾客拿来的粮；哥哥负责火候贴烧饼，还有收顾客拿来的钱。哥哥每次都叫我小不点，我不喜欢他，我喜欢弟弟，他的笑脸很好看。兄弟俩老家在乡下，烧饼铺是租的一间小房子，因为手艺好烧饼做得好吃，生意也就很好。铺子里温度很高，兄弟俩一年四季都穿个背心，我从没见过他们别的打扮。直到有一天晚上，我在电影院门口排队等场次碰见同样来看电影的哥哥，哥哥西装领带，还梳了个背头。他看见我就笑嬉嬉地问我，小不点你和哪个姑娘来看电影啊，不学好。我没理他，他又冲旁边来看电影的姑娘们吹流氓哨。几年后他们的烧饼铺不干了，听说是弟弟找了对象回家结婚了。

　　肉盒子是差不多我上小学了才出现的一种烧饼。我们家往南没多远有条河，那个铺子就开在河沿上，老板是外地人，铺子外面挂着个牌子，上面写着：洛阳肉盒子。他们做的烧饼是一种高级的烧饼，长方形，里面是满满的肉馅儿，卖三毛钱一个，贵死了，不过吃起来简直香死了。这个高级的烧饼在我童年不是可以天天吃的，我妈心情好的时候会给我块把钱让我去买几个回来，多数时候，我都是偷偷攒两天的早饭钱买个解解馋。由于非常非常好吃，生意也特别好，半年后房东把洛阳人撵走了，然后房东的儿媳妇也卖起了肉盒子。没过多久我们那里开了好多家卖肉盒子的烧饼铺，可味道没有一家比得上洛阳人做的，他们的肉馅儿没有洛阳的肉馅儿香。

过了南边的河再走半里路，又有一家烧饼铺。铺子边上有个地磅，很多拉货的大车都在那里过磅，最早发现他们家烧饼好吃的就是那些大车司机。开烧饼铺的是一家人且只有女人，婆婆、两个女儿，还有儿媳妇，算是名副其实的老婆饼了。女人们卖的是小烧饼，顾名思义，它比大烧饼小，但又比火烧大。在做小烧饼时会用刷子在面饼上刷一层薄薄的糖稀，再撒上些芝麻，然后再放进泥炉子里烤。你不要以为它就变成糖烧饼了，不是的，那层糖稀在出炉后只保留淡淡的甜，它们像含蓄的女人，甜而不腻。一个礼拜大概有两三顿我会去换小烧饼，我现在已经忘记了女人们的音容笑貌，只记得我每次去了就低着头等烧饼，一句话也没有，心里其实想的是让烧饼再慢一点出炉。

我们县城的府前路上有一家麻火烧铺很有名，让它出名的不光是因为老板做的麻火烧好吃，更因为后来发生的悲惨故事。麻火烧的麻就是芝麻，火烧手心大小，外皮全是白芝麻，里面撒上椒盐，一层一层的，用猪油烤，出炉后外焦里嫩。现在比较有名的黄桥烧饼，样子看起来差不多，但味道真不是一个级别。做麻火烧复杂度很高，面点师需要具备很高的手艺。这家铺子的老板年轻时是县城大饭店的白案师傅。他姓姚，是个哑巴。

哑巴有个斜眼的媳妇，他们有两个儿子。后来哑巴的斜眼媳妇在外面找了个相好的，哑巴睁只眼闭只眼，烧饼铺挣的钱除了日常开销都让哑巴买了酒，每天关了铺子哑巴就在里面喝闷酒，等到夜深人静了，哑巴一个人蹬个破自行车歪歪扭扭才回家。哑巴捉奸在床，然后抽了自己一个大嘴巴把人放走了，哑巴有苦说不出。等到大儿子上初中的时候，哑巴的斜眼媳妇跑了，还拿走了家里的存折。大儿子每天都在打听他娘的下落，哑巴每天都在铺子里卖麻火烧。一年后哑巴的媳妇花光了钱回来了，哑巴和两个儿子嘿嘿地笑。铺子里的生意越来越好，哑巴不再每天喝闷酒，早早关了铺子回家做饭，有时炒了好菜就和斜眼媳妇喝两杯。夏天的一个深夜，哑巴睡得很沉，一把菜刀砍在了哑巴脖子上，媳妇再次跑了。哑巴的死是在半年以后，他死在麻火烧铺子里，两个空了的白酒瓶子躺在案板上。哑巴的大儿子后来打架把人给打死了，进了监狱；小儿子出人头地，考上了北京的名牌大学远走他乡。我和哑巴的大儿子是初中同学，关系特别好。

　　挎包火烧是正方形的，刚烤出炉鼓鼓的，咬一口一股热气出来火烧才瘪进去。挎包火烧不甜也不咸，是白口。它出现在餐桌上的机会并不多，可能是因为会做它的人比较少吧。它的心儿是空的，你可以沿口撕开把菜或肉放进去，出门的时候带上两个，后顾无忧。不对，也并不是后顾无忧，有一年暑假我和哥哥跟着乡下进城的堂哥去卖西瓜，我带了两个夹了肉的挎包火烧，天色渐晚，肚子开始叫起来，可我们三个人不够分，我哥嫌我笨把我一顿臭打。北漂多年后，当我回到家乡想吃挎包火烧，问遍朋友竟然找不到一家，很多小一些的孩子都不知道有这个吃食了。

缸贴子就是在像缸一样的炉子里烤出来的，窄窄长长像小一号的砖头，它变冷的时候用它往头上敲一下，滋味不比砖头好受。九十年代后期我在县城的解放路上卖渔具，我的隔壁就是一对卖缸贴子的夫妇。两人来自乡下，日子过得节俭，炒菜不是绿豆芽就是熬豆腐，偶尔买点肉就是肉炒绿豆芽，他们的干粮永远是吃自己做的缸贴子。大哥大嫂待我很好，每到饭点儿就给我拿缸贴子吃，开始我盛情难却，后来真的有点烦了，可他们总是真诚且自豪地把缸贴子塞进我手里说，兄弟，趁热。那年我母亲办退休，需要向劳动局补交三千元的养老保险，我家那时正经历最困难的非常时期，隔壁的大哥大嫂见我愁眉不展，问清事由后当即从储蓄所取来了三千块钱。那笔钱两年后才还清，大哥大嫂从没提过一句。时间飞逝，转眼二十年过去，那时还是刚做几年父亲母亲的他们，估计现在都当上了爷爷奶奶，不知道他们做缸贴子的手艺是不是不减当年，真想再吃一次他们的缸贴子，趁着热。

几年前我把父母接到北京和我一起居住，烧饼再次成了我餐桌上的常客，只是由于条件限制爸妈只能用电饼机做烧饼，味道也多少打了折扣。可惜我没有学会这门手艺，我想烧饼和我的故事也将会越来越少，将来我的孩子也少了一样口福。

二〇一八年一月二十八日

炒鸡

老舍先生说"济南的冬天是没有风声的",他还说"这儿准保暖和"。可此刻,我置身其中,西北风呼呼打在脸上,那股子寒冷劲儿也只有济南人能体会到。不行,饿得厉害,感觉再不抓紧吃点东西就要变成个冰棒了。还好我和朋友六加准时在历山路的路口会合,我说,走,先解决晚饭。

六加带着我来到一家小饭馆门前,她问我,就这家怎么样?我说,行啊,别挑了。我抬眼看,这家饭馆叫王小二小炒鸡,我问六加,这名字怎么这么拗口,到底怎么念。她嘿嘿一笑,济南以前有一家炒鸡店,叫王二小炒鸡,后来做出了名,生意好得不得了,于是很多人便开始模仿人家。原来如此。

　　这家饭馆很小，只开着后门，最外面靠街的厦檐下支着个烧煤气罐的炉子，上面架一口大铁锅，看样子应该是厨师炒鸡的家伙式儿。穿过厦檐就进入了后厨，光线很暗，用的是节能灯，我不喜欢这种灯光，尤其是在冬天，显得更冷。环顾了下四周，到处都是油腻腻的，厨师正在灶台收拾着各种菜，灶台一侧还有个煤球炉子，上面坐着一只盆往外冒热气，我把头朝盆里探了探，被熏了一脸蒸汽，也没看清里面是什么。有点后悔来这家馆子，可肚子一直在叫，似乎是提醒我，吃吃看。老板娘过来打招呼，我说这炉子上炖的是什么？她告诉我是蘑菇炖小鸡儿，是店家的工作餐。我和六加相互看了一眼，同时咽了口唾沫。

　　再往里走就是客厅，依旧用的节能灯管，好在空调开得足，顿时觉得暖和了一些。客厅里没有其他客人，只有一个伙计在往塑料饭盒里装着刚出锅的米饭，装好的米饭已经摆了一桌子。我以为这是要送出的外卖，后来才知道，这家馆子不提供饭碗，用一次性饭盒代替。完了，果然选错了地方。

　　既来之则安之吧。点了一个炒鸡、一个炒三样、一个干炸平菇。山东菜量足，没敢再点。我和六加相对而坐，焦急地等待着菜上来。我说，打赌不会好吃，六加嘴角泛起一丝笑意，老到而轻柔地说，不见得哟！

炒鸡，在我们山东很多城市都享有盛名，有别于新疆大盘鸡，山东的炒鸡是小炒，而大盘鸡有点垮炖的意思，而且炒鸡里面也没有土豆块儿和洋葱。小时候吃一次炒鸡能美好几天，特别是每次放假回农村老家，大伯或叔叔总会满院子追着给我逮一只小公鸡儿，在拉着风箱的柴火锅里一炒，香！

有一年暑假我回乡下叔叔家，不知道为什么，那天没有吃上炒鸡。第二天早晨，所有人都还没有起床，我被一泡尿憋醒了，于是跑到院子里去撒尿，尿着尿着一只小公鸡从我脚边走过，我顿时起了一股邪火，抓起那只小鸡的脖子拿到水缸前就淹它，没过一会儿小鸡一动不动了，我这才意识到我做了件可怕的事。我怕被叔叔婶子发现，于是拎着死去的小鸡扔到了院墙外。谁知一转身被婶子看个正着。

那天中午，婶子为我们做的午饭里多了一道菜，就是一盘炒鸡，婶子笑笑对我说，昨天忘了给小明做炒鸡吃了，今天补上。说着就往我和弟弟碗里夹鸡肉。当时只觉得脸上一阵阵发烫，羞死了。多年后我回老家说起这件荒唐事，叔叔婶子表示从来没有因此责怪过我，叔叔说，当时就是想，这个傻孩子为啥把小公鸡扔到院墙外面，幸亏看到了，不然就让别人捡了便宜。

干炸平菇上来了，你猜怎么着？味道好极了！外面裹的面糊金黄焦脆，咬下去时，不管是口感还是声音都是一种极好的体验。而里面的菇细嫩润滑，花椒盐和辣椒面两种蘸料，口味任你选。炸货要趁热，凉了口感就不好了，我和六加一块接着一块往嘴里塞。要知道，炸货最能见厨师的水平，火候稍微错一点就不对了。正吃着，炒三样也端上来了。

炒三样是老济南特色菜，皮肚（晒干的猪皮）、鸡脯肉、虾仁是主料，青笋和木耳当配菜。热锅冷油，同样火候是关键，做这道菜不能超过两分钟，主料下锅时一定要用少许白酒或上好的黄酒去腥提香。老板娘端上来的时候我一闻，迎面扑来一股酒香。六加问我，要不来二两？我摆摆手，等咽下去一大口菜才腾出嘴来说，今天光吃饭，不喝酒。

两道菜上来，陆续有客人进门，看点菜的架势，一定是这家馆子的熟客，没看菜单，张口就点了三五个，有说有笑。我见了好吃的，无心听他们闲话，无奈对方声音实在不小。只听见其中一人说，早晨我吃早点刚坐下，你猜对面是谁？另一个问，谁？宿茂臻，老死孩子真能吃，仨鸡蛋包（济南的一种小吃，类似油饼，中间卧个鸡蛋，炸制）。

六加嚼不露齿，咽不出声，吃得津津有味，似乎隔壁人说话没有影响到她。

炒鸡端上来的时候我已经完全没有了寒意，并脱去了外面穿的棉袄。鸡切小块，先用温油过了一遍，这样吃起来口感会更佳；花椒、大料一定是放在料壶里下的锅，因为只吃到了香味，却没在盘子里发现它们；青红椒应该是在出锅前半分钟才放的，有股清香，又不失辣味，蒜瓣没有切开，是整瓣整瓣的；最好的就是炒鸡用的酱，这和北京的甜面酱不同，我不知道具体是哪里不同，但从味道上比，这是酱爷爷，那是酱孙子。"嗯，好吃，真好吃。"六加看我吃开心了，笑着说，我刚才说什么来着！

我问伙计要米饭，伙计直接拿来两个饭盒装好的饭，问其究竟，原来是人家馆子一贯作风。对着这样可口的菜，我实在不想吃饭盒装的饭，改要了馒头做主食。大快朵颐，饱嗝连连，这顿我吃了十二成。再看六加，也是一副满足的表情。炒鸡还剩很多，我叫伙计打了包。作为"地主"，六加抢着结了账，又和老板娘称赞了两句师傅的手艺，我俩才走出饭馆。

千佛山的路边灯火通明，我和六加不时打着饱嗝，聊着各自的近况，寒风吹来不觉凉意。我似乎才理解了老舍先生的意思，如果在舒心的时候，哪里的冬天都准保暖和。

二〇一一年一月十一日

喝羊汤

我家乡的人爱喝羊汤。羊汤说的是纯肉汤，老滕县人不喝羊杂汤，为什么呢？因为羊杂碎不能和肉一起煮，会串味儿，羊汤馆老板没工夫再去煮羊杂碎，久而久之，我们那里人就不喝羊杂汤了。外地人到了鲁南地区，如果当地有朋友招待，一定会先带着去羊汤馆。羊汤用的羊是本地山羊，带骨羊肉冷水下锅，不放任何香料，大火咕嘟。羊肉不宜久煮，差不多四五十分钟就可以，拿根铁钩子一戳，扑哧，透了，就证明煮好了。煮好的羊肉等着凉凉后，再慢慢剔骨。这是个细活儿，费工夫，大师傅不用动手，这是学徒的工作。羊肉贵，大师傅说了，一点不能浪费，要剔得干干净净，连骨头缝里也不能留一点肉渣，原来大师傅就是羊汤馆的老板，怪不得这么认真。我有一次在羊汤馆里不小心走进了后厨，一个小伙正抱着一根已没什么肉的骨头在啃，只见他使半天劲用嘴啃下来一小块肉，一口吐在了桌上的肉堆里。我转头就走了，这个羊汤还是不喝为妙。

剔下来的骨头继续扔在大锅里煮，汤一直要开着。客人来了，称多少羊肉？一斤九十五元。我们四个人，称一斤吧。不行，称不着，四个人最少一斤半。我们还点别的菜呢。那也不行，最少一斤半。羊汤馆的老板都这么横，也不知道账是怎么算的，反正就是爱喝不喝。

剔下来的肉要切成厚薄相等的块，您听好了，是块，不是片。西安的羊肉泡馍吃过吧？比不了，太小片了；淮南的牛肉汤更不用说了，那简直是一片纸。切好了一斤半肉，舀出来差不多量的羊汤，这时的汤已经是奶白色的了。炒瓢一扬重新起锅，汤里点一点白胡椒，肉回锅里稍微一烫，撒盐，分四份盛碗，扔香菜。老板，有一碗别放香菜。不放香菜喝什么羊汤啊。醋和辣椒油在桌子上，各取所需，辣椒油一定要用羊油熬的，都固成了一块块的红疙瘩。

羊汤要配烧饼，连吃加喝，一头汗，肉吃没了，汤管够，真香。我小时候去羊汤馆，经常看到不少出力干活的，那时候什么都便宜，一碗羊汤也就几块钱，出力的人偶尔也来解解馋，他们自带煎饼来，点一碗最便宜的，再续上两三碗免费的汤，吃完抹抹嘴，拍屁股走人。老板都是笑脸迎，笑脸送，不像现在，肉称少了就给脸色看。八十年代的时候，鲁寨羊汤最有名，鲁寨不是寨子，就是条街，街上有家羊汤馆，门口挂着剥好的整羊，有好几只。除了剥好的羊，门口还有小轿车停一排，来的人有钱有势。不光羊汤烧得好，炒羊肚也是他们的招牌菜。有人嘴刁，要吃羊脑。没问题，今天没了，明儿给留好。这东西少，一天卖几只羊就几只脑，要想吃，得预订。八十年代的羊脑，五毛钱一只，物虽稀但不贵。

前几天我回去，朋友拉着去一家据说现在我们那儿最火的羊汤馆，名字叫"名羊万里"。一进门，大厅里挂满了老板和各种人物的合影，我一看，竟是我初中同学。朋友点了羊汤和一些招牌菜，等端上来一瞧，碗用的是"镶金边的青花瓷"盖碗，我说，这他妈的怎么泡烧饼？朋友说，土了吧，这碗是头汤，当先一饮而尽。饭吃得很扫兴，幸好我的老同学不在，不然还真得硬着头皮把头汤喝下去。

吃着吃着我想起了我的那位老同学，初中时我们关系不错，毕业后他去北京当兵，我记得一九九五还是一九九六年，我和另外两个同学还去北京找他玩。他人机灵，长得也帅气，在部队受宠，被安排在大院门口站岗，这家伙读书时就是有名的花花公子，身边姑娘不断。当了两年兵，老同学泡上了部队官员的女儿，那天他带着个漂亮得让我都不敢正眼看的女朋友请我们吃饭，是家老北京涮羊肉，好像是我第一次吃涮羊肉，那时候我觉得它比羊肉汤还好吃。饭吃到一半，老同学就带着他美丽的女朋友去了卫生间，去了很久，我们三个吃完了桌上的肉，相互傻看，点也不是，不点也不是。饭店的服务员大概发现了我们是三个土老帽，便对我们说，这是自助餐，计时的，你们的用餐时间已经到了。说着就把我们桌上的盘子碗统统收走了。我们后悔得肠子都青了，早知道自助，傻子才不吃呢。

那是最后一次见到我的那位老同学，倒不是因为他重色轻友，只是再没碰到一起。没想到多年后他成了羊汤馆的老板，而我依然是一个不会用盖碗喝羊汤的土老帽。

说回羊汤，这些年我每次回到老家，都会找个地道的羊汤馆子解解馋。我也试过自己在家买来羊肉煮，但味道不对，羊不对，也没有条件熬骨头老汤，索性作罢。不过现在我们那儿，喝羊汤成了一件高消费的事，三五个人随便一吃，好几百块，羊汤馆子里出力干活的人也越来越少见了。我常去吃的那家羊汤馆对面，是一家不大点儿的丸子汤店，便宜，原来他们都在那里吃着呢。

二〇二一年十月六日凌晨

西北游小记三五事

一　天水

过了陕西再往西，天就开了，无边无际的，云也显得低了许多。西北的气候干，风吹着舒服，不像江南，大部分时间让人黏黏糊糊，时间长了不阴郁也扭捏起来，总觉得性格也受了影响。

到天水下了车，朋友小赫在车站已等候多时，依旧笑呵呵的脸，见面没别的话："晚上得好好喝两杯"。小赫开的私车，牌子是假的，规矩也就不怎么遵守了，又超速又轧线的都不在话下，我注意到他车内中控台上方的后视镜，上面稳稳地挂着个小挂件，挂件上都是最有神通的人，且当保平安吧。北道区现在叫麦积区，听上去有点刺耳，一路往西，车到秦州。到宾馆傻了眼，网上预订的酒店原来是山寨炮房，无奈钱已付过，曲里拐弯找到房间，草草住下。

小赫以前也玩音乐，北漂过多年，我最早的贝斯手就是他，后来被逼着回家当兵参加工作结婚生娃，现在当交警，每周三天出警查酒驾，三天外面喝大酒，周日在家反省。他话不多，郁郁寡欢的，我一问就立马来了精神，高举酒杯："干！"我觉得小赫的脑子北漂时就喝坏了，忘性大，我们多年前跑场子时他就成天丢东西。有一次去外地，他把琴忘在去火车站的公交上，等我们过了一星期回来，跑到公交总站找，琴竟然还在，欢天喜地取回来。结果后来又丢了。

天水的演出乱糟糟的，老板带着过生日的客人点歌，我有点生气，没理。小赫说他在下面听哭了，我知道他心里扔不下琴，啥也别说了。第二天我们开车去秦安，城里头有座山，山上很多观，城隍、药神、伏羲、吕洞宾、玉皇大帝，一层一层往上走，到了山顶是寺院，供着如来佛祖。拜完众神已是黄昏时分，感觉有点饿，小赫买了擀面皮，红红的油辣子吃得我们一吸溜一吸溜的。十年前我写了首《天水》，一转眼，真快。

二　甘南和兰州

从兰州租了车一早出发赶往甘南，正好是上班高峰期，兰州的交通烂得让人绝望，司机都像要赶赴沙场一样，左躲右闪好不容易出了城。中午到玛曲，胡乱吃了口东西便跑去九层佛阁，门票四十，我掏出残疾证被拒，乖乖买票。进门要脱鞋，全木制的建筑即使光脚踩上去也会发出声响，没有来朝拜的信徒，仅仅游客三五人，伴着被踩出的吱嘎声尤生罪孽感。边拜佛边欣赏，第九层供着高僧的舍利，不让上去。下到一层，老婆拜着佛像不走，我问究竟，原来刚才在殿里没忍住放了几个屁，这会儿正虔诚地忏悔呢。

拉卜楞，基本上和我二○○七年来时一个样。寺院僧宅转经筒、信徒游客照相机、川菜馆子、清真馆子、藏餐馆子，就连路中间发呆的老狗仿佛还是十一年前的那只。也有不同，桑科草原被围了起来，只能坐在车里远远望一会儿，路边的溪流声换成汽车发动机的转速声。原本打算住在拉卜楞的，现在索性继续往前开，随遇而安吧。天黑到达碌曲，一百块钱的豪华大床房，窗外就是大河，感觉捡了便宜。住下了发现停水，过了一会儿电也停了，盖上被子睡觉吧。

翌日一早起来吃了羊杂碎和饼子，计划去八十公里外的郎木寺，不巧因道路施工要绕行二百公里，限速四十，开了一个多小时越开越绝望，还是往回折吧。唐僧师徒受八十一难才取成真经，我让一个区间限速就给打败了，实在是烂泥扶不上墙。好在一路蓝天白云高山草原，想到天黑就又回到兰州，心情也变得好了起来。

"素谈"是李建傧的工作室，演出自然不用说，傧傧忙里忙外，来的都是对路的人。傧傧年轻时开酒吧泡江湖，现在戒骄戒躁皈依佛门，回来兰州，白天我在傧傧那里喝茶吃素斋，晚上再去正宁路开荤。为了弄清到底哪家才是"真"的老马家牛奶鸡蛋醪糟，我还专门上网比对了各位老马的胡子。

隔天晚上席彬在酒吧里叫来了柳遇午，当年舌头乐队最早的组织者，吴吞也深受他影响。我很喜欢他的歌，原来他是烟台人，大家聊嗨了就抱着吉他轮流唱起来，老柳的歌里唱道："男人就应该空空荡荡，男人就应该一错再错，男人就应该半途而废，男人就应该无法自拔。"我们约好第二天再见，但没有再见。

　　兰州待的最后一天去了皋兰山，没有爬，一路开车上去的，大家喝了三炮台，下山吃了素斋馆子的"上上签"，也就是高仿的假肉串，不明所以。

三　西宁

　　西宁的手抓不好吃，冰的，又肥又腻。

　　朋友高老四，在西宁经营酒吧，每天好几个驻场乐队轮番上阵，客人络绎不绝，看样子生意经营得很好。他也接全国各地去巡演的乐队，我记得十来年前我去演出，那时还是个小酒吧，开场前几个客人听说要买票，来句：以为是刘德华呢，还卖票？老四长得和黑社会一模一样，眼一瞪，指着那拨人：你们出去！一句话就会给人留个印象。跟高老四成了朋友，我叫他四哥，这么多年我们总共没见几次，但每次见都聊得开心。

　　头两年老四说戒酒，这次我问他，说是又复喝了。青海人喝酒特别鸡贼，他们给客人敬酒自己不喝，拿个盘子一托六杯端给你，得一口干了，这个敬完那个敬，都是五六十度的青稞酒。不过老四和我不来这一套，我不喝白酒。

　　老四安排了他酒吧唱歌的小兄弟开车拉着我和老婆去青海湖，其实本来我是想自己开车去，一来怕耽误人家的时间，再者有人跟着，我和老婆也觉得不是特别自在，可小兄弟太执着了，怎么劝都没用。第二天一早开车到宾馆接了我们，小兄弟果然特别实在，怕我累也不让我替换他开车，一天跑了五百多公里，到天黑时我看都快累急眼了，还咬着牙问我，哥，陪你喝点？

　　过了湟源，经过日月山，没过多久就是倒淌河。隔着围栏我看着那片小河水，苦想半天也记不起上次来的情景了，如果倒淌河的河水真能倒淌，那时间是不是也能倒流呢？真想纵身一跃跳进倒淌河，逆着河水回到以前。再往前开就看见青海湖水连天，车开到野滩，一人十块钱交给当地的藏民，直接到湖边。青海湖是咸水湖，传说当年二郎神捉拿孙悟空时在这里生火做饭，不小心盐撒到湖里，湖水就变成咸的了。传说听得我们都饿了，决定去原子城大吃一顿。

　　第二天小兄弟又拉着我们去了塔尔寺，小兄弟以前乐队的鼓手现在塔尔寺当导游，所以我们还免费听了讲解。塔尔寺的酥油花，据说是僧人把双手冻到零下二十度雕刻完成的，这是真的吗？那些让高僧大德加持过用真金白银打造的纪念品，每天会被多少人请回去呢？塔尔寺的僧人现在是吃肉的多还是吃素的多呢？大金瓦殿里的佛，我想拜拜你们，可是门前的信徒和看客实在是太多了，我挤不进去啊。

　　我在西宁待的最后一天高老四喝得很嗨，还有"枪"，枪不是真枪，枪就是拉我们跑了两天的小兄弟的微信名字。老四指着枪说，你们做音乐就要能吃苦，你看看刘2，唱了这么多年了，没想到票房还这么差！

　　我说：唉！四哥还说啥呢，再开瓶酒吧……

　　　　　　　　　　　　　　　二〇一八年九月二十七日

从科尔沁到东北

　　科尔沁左翼后旗，距离北京七百五十公里，巡演刚过两城。临行前朋友们欢聚的笑声还没完全散去，内蒙古小饭馆里的奶茶已经端在了我们脸前。秋意已浓，乡道两旁胡杨挺拔，树叶被风吹落，撒在路上一片片金黄，真是美。紫阳从车里下来，站在风中撒了一泡三分钟的野尿，听得我和黑子羡慕。他性格腼腆得严重，看见姑娘就不会说话了，据说还没有过恋爱史，因此这样的"激流澎湃"也合情合理。

　　紫阳刚买了一辆二手车，正好为我们北方城市的巡演提供了交通工具，乐器、设备、行李、唱片，满当当塞了进去，一路潇洒，说出去好歹也是自驾巡演。我第二次来内蒙古，二〇一六年也是和紫阳，我俩骑摩托从北京出发，一路向北到锡林郭勒。回去我写了首歌叫《万里之外有晴空》，也就是这次巡演的主题，这算是冥冥中有注定吧。紫阳开车是新手，我和黑子都不敢打盹儿，我让音乐一直响着，放的都是重金属摇滚。路上闲聊，原以为元朝最后一个皇帝是被朱元璋杀掉的，网上一查，原来死于疾病。皇帝的名字很拗口，叫孛儿只斤·妥懽帖睦尔，在蒙古语里的意思是"铁锅"，而我们几个只知道第一位大汗叫铁木真。

疾病可怕，古代皇帝可以得，现代的总统也逃不过。《沉默相伴》是我第五张专辑，春节前疫情刚刚暴发时，我正在绍兴的一个民宿里录制它，那时候谁也没料想接下来的很长时间，大家都生活在恐慌中，然后是悲愤、无奈。到最后，又会回到比疾病还可怕的沉默。似乎所有人都习以为常了。朋友间的联系越来越少，翻翻朋友圈，交情很深的没几个，想点赞的也没几条。唯有朋友老周，他不沉默，偶尔喷喷这个那个的。

我觉得特别好，哪怕观点有偏颇的时候，但让人说话是最基本的啊。

在科尔沁的饭馆点菜要当心，一份葱油饼有三斤，汤用盆盛，有点吓人。我想起来有一年，我在一个乡下转车，天晚没赶上末班，就住在一个农村小旅社里。晚饭让老板娘给我煮碗面，结果端上来一个洗脸盆，我咬着牙也就吃了五分之一，收盆的时候老板娘的脸色，让我毛骨悚然。

那晚我在农村的小旅馆里睡得特别好，第二天早晨我没敢问有没有早餐，就去赶早班长途车了，结账时老板娘没有收我头天晚上的面条钱。事后我想，再也不来这种"穷"地方，我要去花钱点小碗面。

今晚在科尔沁，我不小心又吃多了。我在饭馆门口的小超市里花了两块钱买了一小包茶叶，准备回旅馆喝点浓茶消化消化，整理一下巡演日记。这个旅馆也许就是当年我住的那个农村旅社，就像《万里之外有晴空》里我唱的："认准前方就要走这条老路，从来没有走丢的归乡人。"

从科尔沁往北三百公里，我们驱车到了吉林长春。光阴咖啡的老张已经给我们订好了豪华酒店，这是这趟巡演以来我们住的最好的宾馆了，躺在欧式大床上，一时间有点放飞自我。匆匆吃了口饭，我和黑子、紫阳骑了共享单车去长春电影制片厂，那里早就不拍片，现在叫电影资料博物馆。到了被告知已经下班，我说不是三点半停止售票吗？工作人员说你的表慢，现在是三点三十二分。无奈，我们仨只能在外面转悠转悠。想去电影院找部片子看，结果电影院也不营业。回到宾馆，早早就睡了。

第二天起来去了南湖公园，六年前我也来过这里，当时被一个唱歌的大爷给震了。那个大爷自带家用音响，一曲唱罢又接一曲，从内地到港台，从通俗到流行，样样行，引得一众人鼓掌叫好。回去我还写了篇杂文叫《卡拉永远OK》。进来园子，就看见一帮身穿军服的老人在排练，地上整齐地码着道具机枪、手榴弹，还有一个爆破筒。最前面一个大爷扛着红旗，上面写着"王成排"。方队在前进，个个舞步矫健。绕了几个来回，音乐声响起，《英雄儿女》唱了起来，只见最前面的大爷一个方步迈过去，他应该就是王成。王成右手拿起地上的机枪，左手一伸，旁边一个穿军装的大妈递上一支麦克风。伴着歌声，王成高举麦克风大喊：无名高地还在我手中，四号阵地就剩我一个人了。麦克风的混响有点大，导致清晰度不是特别高。这时王成开始扫射四周，动作十分敏捷，左一梭子，右来两下，旁边的老兵有的扔手榴弹，有的也跟着拿枪扫射，看得我眼花缭乱。最后王成捡起了地上的爆破筒，面向游客，怒目圆睁，喊出了那句经典台词："为了胜利，向我开炮！"音乐停了，游客们鼓掌，一个穿便装的中年妇女过来，指着其中一个老兵训斥，你刚才往哪儿瞅呢？下一节你排队尾。

晚上在光阴咖啡的演出顺利进行，长春的观众很友好，我使劲瞅了两眼下面，也没人问我瞅啥呢，我能感到他们内心对我的喜爱，此刻我的感动是真实的。After party（余兴聚会）时，老张又点了他最爱的烧烤，不喝两杯有点说不过去了。老张准备开一家大型的场地，正在施工中，他们夫妇北京、长春两头跑，很辛苦。不知道下次我再来是什么时候，就此一别，相互道声珍重。

哈尔滨的演出是目前四城里状态最好的一场，加唱了好几首，如果可以真想不下来，那种享受只有唱歌的人才明白。感谢李昱从场地调来设备，还有云雀酒吧老板阿荣忙着借投影仪。第二天方姐带着我们中央大街半日游，这是三年后她第二次陪着我逛这里。走过熟悉的石板路，仿佛就是上周发生的事情。过了几条街，路边一个大院子，方姐说这就是当年萧红和萧军住过的地方。院子已经破败不堪，有几丝阴森，院门口不知是谁摆放了几颗已经干瘪的大白菜。走到傍晚，我们都有点累，与方姐告别回宾馆，出租车又经过索菲亚大教堂。射灯照在穹顶上，格外庄严神圣。

明清年间陆续开始，我的先辈山东人，因为饥贫交加开始了历经数百年的大规模迁徙，过了山海关就有黑土地，饿不死。人们拖家带口，朝着东三省进军，这就是闯关东。那些闯关东路上死去的亡魂，此刻在索菲亚教堂的注视下都得到解脱了吗？松花江的水很安静。

离开哈尔滨本来想去铁岭住一晚，后来和真真联系，他在回抚顺的路上，于是我们相约锦州碰面。真真以前带过我们乐队巡演，东北小伙子，现在当了父亲，网都不怎么上了。上午十点出发，晚上八点到，整整开了十个小时到锦州。宾馆门口的小超市竟然有中南海牌的烟卖，我一高兴买了六包。出门点上一尝，假的。我推门回去问，老板，烟能换吗？老板是个四十来岁中年女人，问我，咋的？我说，这烟不对。她说，谁说不对，你想咋的？出了门就不退不换你不知道啊。我扭头就走了。

我不喜欢一些东北人，典型的孬种。我有过几次被人坑的经历，无一例外，全是东北人，他们给东北人带来了坏名声。

　　和真真一起吃了锦州烀饼子，他本来想去兴城，为了见我们来了锦州。小饭馆就我们一桌客人，听他聊努尔哈赤，聊袁崇焕，聊着聊着又扯到了东北文艺复兴。大家相见很开心，也不觉得菜烧得很难吃了，也忘了黑心老板卖假烟的事。

　　今天从锦州出发，又是七百五十公里，十个小时，晚上八点到济南。我的腿关节开始间歇疼痛，得歇两天。

　　　　　　　　　　　二〇二〇年十月二十九日凌晨

岩头村的寂静之声

一个最会玩的朋友，我们在一起喝酒，他告诉我，岩头村美得让人心醉，你一定要去。然后他就喝醉了，一头从饭馆二楼的楼梯滚到了一楼。我把他架起来，他还在说，你要去岩头村唱歌，你也会心醉。

第二天我们驱车五个小时从杭州赶往楠溪江中游，永嘉县岩头村。开车的正是我那最会玩的朋友，他的脖子和后背都摔坏了，驾车的姿势很怪，可我没有驾照。接近目的地时景色已经很美，他说过了前面一条很长的隧道就是世外桃源。一扭脸的工夫天上飘起细雨。我们到达时天已黑，小镇上熙熙攘攘。喝了老酒吃了炖羊肉，我要去村子里走一走。

鹅卵石铺的村道，下过雨后有点湿滑，这里的村民是客家人，房屋特别像电影里过去日本的建筑风格。有一些老房子由于年代已久成了危房，村民有的也搬到了镇上。街道仄狭幽静，偶尔会有灯光从门窗里照出。我对夜晚这种陌生人家里的灯光有过无数次的遐想，那是一个又一个的故事，它们神秘又一览无余。我只是一个局外人，想探其究竟，却只见一盏盏灯光。而我们的家，已经荡然无存。继续往前走，狗儿卧在街上，从它们身边走过也不能惊起它对你的注意。村子里设有天主教堂，朋友告诉我当地人很多都是教徒，民风淳朴，天色已晚教堂已关闭，我只能在外面驻足。我听到临街的房内有人吵架，闻声像是一对夫妇，男人的嗓门儿很高，女人似乎在抽泣，伴有孩子的哭声。古老而又现代的一幕。

　　村子中央有条河，河边种满了柿子树，风把树叶吹得哗哗响，上面吊着摇摇欲坠的红柿子，太黑我看不清，应该是红柿子。我想起关于柿子树的一个故事，以前，一个山村里有棵柿子树，结了很多又大又圆的红柿子，人们把它一个不留全摘回了家。那年冬天特别冷，一场大雪后从树上掉下很多已经死了的喜鹊。第二年柿子树上生了好多小虫子，再没有长出红柿子来。后来人们明白，应该留些柿子在树上，那样喜鹊就不会饿死，小虫子也不会长出来。故事总是富有哲理，而生活却很难过明白。

走在湿滑的鹅卵石街上，夜风吹来了凉意，我把夹克衫的领子竖起来，点了根烟。这不是歌曲《寂静之声》里的场景吗，保罗·西蒙和加芬克尔难道在六十多年前就把我写到歌里了？老酒喝得有点上头，得回去睡一觉。

那天晚上我躺下没一会儿就睡着了，我做了一个梦，梦见柿子树上结满了红灯笼，喜鹊飞过夜空，飞向每一个亮着灯光的家里。它向他们报信，欢乐地唱着："叽叽叽、喳喳喳……"

起来我们去吃了当地的特色小吃"麦塌镬"，竟然和山东的煎饼相似，也是圆圆的一张饼，刚做好，很焦脆，卷上炒豆芽和肉丝，配上大米粥和咸菜，活过来了。故地重游，隔一夜是否如隔千年呢？我要回到村子里找答案。岩头村虽然从九十年代就被政府定为文化古村，但至今没被过度开发。当地人说高速公路开通之前，这里几乎过着与世隔绝的生活。天空依旧阴郁，三三两两的游客驻足在村东头的丽水街前合影，那是条沿河的商业街，有几百米长，一家挨一家的小商铺坐落在回廊里，小铺的主人卖着他们自己手工做的米酒、柿饼、姜糖等小吃，没有门庭若市，主人却悠然自得，有的干脆坐在回廊的自家门前自斟自饮，有茶也有酒。这里的很多东西都是一块钱，风干的柿子一块钱，蒸的大包子一块钱，纸叠的小风车一块钱，一杯米酒也卖一块钱，我好久没有一块钱一块钱地花过了，感觉自己很有钱的样子。村子里最雄伟的建筑是祠堂，由当年明世宗派人修建，嘉奖给本村姓金的大学士。祠堂正前方有一大片蓄水池，水池中央又有一方形平台，作何用我不知。我和朋友说可以设立一个民谣小舞台在此，把周云蓬请过来弹唱。离祠堂不远的场院儿西侧，是个废弃掉的高高垒起的戏台，这是五条人的舞台，应该请他们来演。如果碰上灾荒年，可以在东侧的场院儿把小河、李带菓谁的叫来演一演，求个雨啥的没准儿好使。最美的一个场地是护村河上的一片小小岛（其实就是一块两三米见方的地方），上面开满了各种五颜六色的鲜花，世外桃源中的桃源，如果有人出钱多，那这里一定要请齐豫来唱了，试问天下还有一个女人的声音比她更美吗？天上又飘起了雨，我又看到了那棵柿子树，果然，上面挂满了又大又圆的红柿子，我想今年的冬天这里一定会有喜鹊来。不知道此刻她的城市有没有下雨，我很想牵着她的手在岩头村的柿子树下听一听喜鹊唱的歌儿，唱一曲《寂静之声》。

　　走累了，我跑到路边的粉店里要了一碗滚烫的猪肠粉，朋友歪着脖子问我，怎么样，心醉了没？我喝了一口汤，回答他，还没有……很可惜，我订了当天晚上的机票，与这里只能匆匆别过。夜晚我飞向北方，越过万家灯火。

　　　　　　　　　　　　　二〇一七年十一月十四日

夜游外滩

　　怎么说呢？那不像个人，像一个魔鬼，从走路的形态上看像是个女鬼。由于背驼，她的头佝偻在自己的胸前，肮脏的头发胡乱安在脑袋上，你看不见那脸到底是冲前还是冲后。八月的季节，即使是在傍晚的外滩也没有一丝风吹过。到处都是人，谁也顾不上摆出一副雍容雅步的姿态。他们手持照相机给自己的爹娘哥嫂姐弟妹老婆同事相好见缝插针地来那么一张，然后跟旁边的人大声说一声，对不起，请让一下。谁也没有注意到这个女鬼。

　　她肩上扛着一个木棍，两头挂着硕大的编织袋，里面塞满了喝光的饮料瓶子。那袋子的体积足有她身体的好几倍大。她沿着外滩的垃圾桶一个个地翻，我和女友注意了一下，她没有漏掉一个，虽然很多里面已经没有什么有价值的东西可供她猎取。

终于，她在一个垃圾桶旁歇了下来，那两个硕大的编织袋从她肩上卸下来着实费了些劲。她捡了一个新的饮料瓶，里面还剩有饮料，她把那颗脑袋往后倾斜，把饮料从那片头发的一角倒了进去，我听见咕咚一声。或许是没死心，接下来她背对人群，重新弯下身仔细检查那个垃圾桶。

我们叫了她好几遍她才转过身，她应该很久没和别人说过话了。我终于看见了那张脸，那是张说不清表情的脸，至少我读不懂。女友把钱塞给她时，我没料想她会哭，那眼泪像是流了几百年的瀑布，浑浊且有力。她从十几岁就跟着家人出来要饭，要了一辈子了，从小姑娘要到了老婆婆，要到了人不人鬼不鬼，要到自己也快死的年纪了。

东方明珠被射灯照得金碧辉煌，夜色中的黄浦江犹如一潭死水。

二○一二年八月二十四日

像个小孩一样

　　半夜收到老友邱子的微信，一张图片。点开看，原来是他家老太在病房里卧床吃饭的照片，我一时语塞，不知该怎样相劝。他母亲和我母亲罹患同一种病，之前一直在吃中药控制，昨晚简单聊了几句才知刚又扩散，不得不采取化学治疗。我认识老太，见过多次，印象里是一个干净洒脱之人。记得那时她退休未几日，我去家里做客，老太拿出厚厚一摞相册给我翻看，里面有很多她和领导官员的合影。她边翻边讲，眼神透着一种骄傲和留恋。头几年老太得病，邱子一直把病情瞒着母亲，我不解，怕他讳疾忌医而耽误了最佳治疗。他说老太怕死得要命，不敢告诉，只说是普通慢性病，抓些中药慢慢吃着看。人老如童，感叹能看透生死的又有几人呢？邱子情绪很低落，我只能安慰人生到头总有一别，一切顺其自然吧。

　　和邱子结识时我俩还是少年，我们一起学琴，他喜欢家驹，歌唱得也和家驹一样好，人热情细腻。那时他交了一个比他大不少的女朋友，人分两地，他们一天到晚地通长途电话，邱子裤兜里全是有钱或没钱的IP卡。有次他戴着副墨镜来找我，我先以为他装酷，摘了才知道，原来他去西北找那个大龄女朋友，女的不要他了，他连夜回来哭了整整一路，眼睛肿成了一对球。我俩坐在小河边抽烟，作为当时还未谈过一次恋爱的人，我假装老到地给他讲女人在爱情方面的种种不是，邱子叼着烟不说话，抓起我一只手使劲地在漆黑里握了握。

　　邱子做了很多年的摄影记者，脖子上挂着长枪短炮，身上永远是件洗得发黄的摄影马甲，他给很多歌手都拍过片子，而且非常好，张玮玮和郭龙最有代表性的一张四目相对就是那年他在鼓楼"疆进酒"抓出来的，后来他不拍了，他说在现场他更想认真听歌，难听的歌手他觉得也不配让他拍。他在自己的歌里唱道："沉默的中年废话越来越少，坐在那里像一座根雕。匍匐在人世的泥路上，活得像是盛开的卤煮，等岁月拿着去下酒。"他天性里富有悲剧色彩。邱子拍的照片水印上叫"邱小孩"。

我有时弄不明白那个在与人相处时热情的邱子和自处时极度阴郁的他的分界点在哪里。一九九八年邱子在济南读大学，有段时间我借住在他寝室里，熄灯后邱子总喜欢一个人抱把吉他坐在走廊尽头小声弹拨，他说音乐能杀人，做音乐的人要享受被它杀害的过程。大学毕业后，他留在济南工作，租了一间单元房，小区一墙之隔就是铁路，那年冬天我们在那间房子里录了我的第一张唱片，一台破电脑，房子也没做任何隔音系统，经常是录着录着火车就来了，我们只能删了重来。晚上录音前邱子总要下楼到小区门口，那里有个卖水果的老头儿，邱子觉得天寒地冻不容易，他总把老头儿没卖出去的水果包圆儿带回来，总也吃不完。

肥胖一直困扰着邱子，他食量惊人，因此心血管也开始出现问题。那段时间邱子每天出去跑五公里，半年减掉四十斤，正当健康状况刚有好转时，生活上他又遇到了一次大的波折。他开始埋头写歌，在他的另一首歌里他唱："一个悲来一个喜，别拿命去试探悲伤的深处在哪里。一个东南一个西北，看过一趟花展，花蔫蔫的样子很像你。"他文字里的细腻伤感有时我并不欣赏，我更喜欢简朴的诗意或者刀割般犀利，但即便是有这些我个人的喜好因素在，我还是不得不说邱子是这个时代最好的音乐人，他在作曲上的造诣也远高于多数以音乐为生的人。邱子的歌唱就是他生活的一部分，他不演出也不出唱片，除了朋友没人知道有这么一个唱歌的人。

邱子一直在官媒报社做摄影记者，暗访曝光过很多非法场所，解救过被迫卖淫的未成年少女，有一年还被大领导点名表扬说是要接见他，我问后来见了没，他说大领导可能忙忘了。有次我从北京去找他，他在单位加班，给我发个地址让我几点到哪里碰头，我很少到官方地盘儿活动，虽未做过贼，但一到了这种境地，看看大厅里各个衣冠楚楚岸然道貌，再看看自己流里流气的样子，总觉得哪里对不起国家。但不见邱子踪影，我双手搓来搓去，心想官饭真不是好吃的，一会儿邱子下楼来，离老远我就闻见他那黄马甲的汗酸味儿了，一双皮靴也早就让黄土盖住了原来的颜色。我说你怎么在这种地方混的，得亏大领导没接见你。他说这叫出淤泥而不染。嗯，有理，可自己也太像一堆淤泥了。那年的波折发生以后我就不敢进邱子家了，我虽没有洁癖但卫生还是很注意的，邱子家那时已经插不进去脚了，满屋狼藉，酒瓶子堆成了小山包，猫屎和猫粮撒一地，我问猫呢？他说可能去流浪了。我眼瞅着心酸又气愤，只好自己去旅馆开个房间住。

邱子其实在人际交往上并不擅长，他性格善良，加之工作环境的关系，并不像我们这帮人的圈子，那些社会上的渣渣最初在人面前都是装得一副古道热肠，印象里这些年他身边总有些不知来头的朋友，其中有甚者更是在他家白吃白住数月，最后又借了一笔钱，从此不见踪影。我问，教训能吸取否？他答，都是云烟。有次他带我去会一人，这人以前是个老师，脸上总挂着一副假笑容，见面就问，邱子，现在还弹琴吗？把邱子也问了个愣怔。出来门邱子给我说，也太迷糊了，上礼拜我们还一起吃饭呢。

那年天寒，我网购了一双打折的皮靴寄给邱子，未多日收到他回信二字："暖和"。是啊，人就需要点暖和，我回忆当年在单元楼里录音的日子，大冬天的没有炉子没有暖气，冬天的夜那个长啊！我俩冻极了就把被子裹在身上，有时连伸出手点个鼠标键都要做思想斗争。可当一段令我俩都满意的吉他旋律成形后，心里也是暖和的。天亮时，小区门口的早点摊子也出了，新出锅的油炸鸡蛋包就一碗甜沫儿，吃完一抹嘴，回来睡个自然醒，美好。

九十年代的小县城，年轻人还沉醉在舞厅里扭屁股，我和邱子坐在小店里练习吉他，我们唱《海阔天空》，唱《谁伴我闯荡》，我负责主音，我说这段 Solo 里要用到所有的技巧，于是拼命地开始推弦，我们推啊推，老是推不到那个音高上去，后来终于推了上去。我们各自离开县城，想着要把自己也推到生活里那个理想的点上。多年后，邱子在歌里写道：

> 就像楚门碰到了世界的边缘，
> 你问他要去哪儿？他说要回人间。
> 你说，人间有什么好值得留恋？
> 他说，我只想住不漏雨的房子，
> 和你吃有汤的热食。

亲爱的兄弟，愿我们永远活得像个小孩一样！

二〇一八年十一月二日凌晨

并非一朵云

老周找到我说要我为李立群写点东西的时候，我很犹豫，主要原因是我和立群生前并不熟悉，我俩萍水相逢，见过两次面而已，远算不上多了解他的朋友，我怕拿捏不好反而事与愿违。可云蓬说，打算集结一些立群生前的朋友，每人写一篇文章，然后出一本书，所得的版税可以帮助到李立群在山东老家的母亲。不为死人为活人，只这一点我也不能推辞了。

我第一次听到李立群的名字是在老周的《沉默如谜的呼吸》里，那首歌的末了，老周随着尾奏音乐的进行，不急不慢吟诵出一连串的人名，其中就有李立群。但想想应该和台湾的著名演员没有关系，那些人名听上去有虚有实，我一度以为老周只是为了押韵随口说出来的，几年后我才知道原来确有其人，而且还和云蓬是很相熟的朋友。

　　大概是二〇〇五或二〇〇六年，那时候的周云蓬还远没有现在出名，我也是一个刚出道没多久的歌手，大家在同一个酒吧表演，大部分时间都无所事事。有天我俩商量想去外地演演，顺便也旅个游。人多嗓门儿大，演到哪里都不怕，于是我俩又找来小河和冬子。刚好山东广播电台的小凤女士联系我，问能不能去济南演出，我们一拍即合，决定马上起程。那时候大家都特别穷，我记得很清楚，小河当时连去时的绿皮火车票钱都是我们垫付的。

　　到了济南，小凤把我们安排在一家很高档的宾馆，楼下还有西餐厅。主办方给我们提供了两个单间一个标间，可是加上我的贝斯手小赫，我们一行总共有五个人，房间不够。但以大家当年的江湖地位，谁也不好意思再让主办方多加一间房，可自己又掏不起那么贵的住宿费。后来我们只能让服务员在标间里打了个地铺，总算合理解决了住宿问题。

　　老周说他在泰安的一个朋友也要来济南找他玩。大家面面相觑，心里想来了住哪里呢？这个朋友就是李立群，他带着当时的女朋友出现在我们眼前时，我们正在西餐厅里狼吞虎咽。李立群长得清瘦，个子高高的，有一张很英俊的脸。他是手里拎着瓶啤酒进来的，老周招呼他和女朋友随便吃，主办方请客，可李立群始终抱着酒瓶子，一边慢吞吞地说话一边慢吞吞地灌两口手里的啤酒，他的女朋友也不怎么说话，就在一边干坐着。

当晚的演出刚好赶上世界杯总决赛，酒吧里大部分人都是来看球的，场地方为了照顾球迷的情绪，决定上半场安排我和小河演出，中间直播球赛，球赛结束，下半场换冬子和老周演。结果上半场的演出还好，等球赛一结束人走了一多半，老周下了台气得摔酒杯，李立群抱着啤酒火上浇油，他说："走，不在这里受气。"大家问去哪儿，他说他联系场演出，大家去肥城。说着就打电话联系人。这时候还是小河机智，小河说去可以，但要先讲好演出费。李立群说没问题，他那个朋友很有钱，演出费不在话下。大家一听开心坏了，于是狮子大开口，小河说我们要两千元，少了不去。李立群又打了个支支吾吾的电话，最后敲定下一站：肥城。

那天晚上我们在济南某条街上的大排档喝了整整一夜，那时候大家还年轻能造，小河还没佛系，老周还恩怨情仇。李立群一瓶啤酒可以抱两个小时，他爱酒馋酒，但真喝起来他不是对手。天亮了大排档要收摊儿了，我们还赖着不走，最后老板连我们坐的马扎子也不要了，推着车子就走。现在想想，什么是喝红了眼？我们当时就叫喝红了眼。

到了肥城，李立群说都准备好了，直接去场地。车开到那里大家都傻眼了，原来是一个商场门口的促销活动，不知道李立群怎么和主办方沟通的，他们还用红布拉了一个横幅在舞台上方，上面写着："欢迎美好药店乐队来肥城演出！"再看舞台上，就是农村婚庆用的一对音箱，连监听也没有，我上去试音，唱一句要延迟一两秒才能听见。这怎么演？小河把李立群拉到一边让他找他朋友把演出费先要来。李立群跑去谈了半天拉着个脸回来了，大家一看这架势知道上当了。李立群也特别愧疚，他说朋友交代了，哥儿几个这几天吃喝住玩随意，演出费能不能再便宜点。老周一听就火了，说不演了要走。关键时刻小河又发挥了机智的一面，说演出费不能便宜，但我们不要了，演出也照演，不过要让李立群的朋友请客去爬泰山。李立群又跑去交涉，这次是笑着跑回来的，手里还拎了一箱子当地啤酒，大家一摸，热的。

"美好药店"的演出顺利进行，虽然音响差到极致，但大家都是有职业道德的人，没有一点怠慢。既然连演出人员的名字都搞错了，那我们索性都不唱自己的歌，小河深情款款地唱了首《月亮粑粑》，我在台下喝着热啤，感动得稀里哗啦。演出完李立群带我们去吃饭，能看出来他情绪很差，我明白他在自责，可也没有一句安慰。他的女朋友好像和他也在闹情绪，总之大家一顿饭吃得闷闷不乐的，我现在想不起来那天晚上更多的事情，只记得李立群手里永远抱着酒瓶子。

第二天我们坐着李立群朋友安排的车去泰安，到了泰山脚下，李立群和司机说买五张门票，我们还奇怪怎么才五张，原来他和女朋友决定在山下等我们。李立群是泰安人，他说从小就在泰山脚下长大的，才不要去爬。我想他大概也是想给他的朋友省点钱吧。

泰安一别，我很久没有李立群的消息。有一天突然接到他的电话，他邀请我和老周去他在北京的租住地吃饭，说刚宰了一条狗，打算炖狗肉。我一听就烦了，回说没时间。我是个特别爱狗的人，怎么可能去吃狗肉，后来知道老周也没去，他也不吃狗肉。

再见到李立群是又过了很长时间，大概二〇〇九年吧，我去上海朱家角参加一个音乐节。下午我在古镇里溜达，突然有个人在后面喊我，我看了半天才认出来是李立群，其实那是我第二次见他。他说他那段时间住在上海搞话剧，知道我来演出，特意跑来玩。我们约好演出完去吃消夜，可后来没有等到他，我也没当一回事，晚上我和声音碎片乐队一帮人在朱家角的荷塘边又战斗到天亮。没承想，那天是我最后一次见李立群。

之后再聊起李立群是和温岭的朋友江波。江波在温岭开酒吧，早年在上海结识李立群，两个人一起卖唱、泡妞、聊音乐和诗歌。江波回到温岭后，李立群经常去找他玩，再后来干脆就搬到温岭住。我几次到温岭演出都没碰上李立群，江波告诉我他总是在老家泰安和温岭两个地方来回住，他还是酗酒，早晨起来不吃饭就先喝啤酒，一天到晚手不离酒瓶，身体也特别不好，有时病厉害了就回老家养着，稍微好点又来温岭和一帮朋友热闹。江波说李立群平时就吃住在酒吧里，手上也很拮据，没钱买酒时他也会偷偷顺走酒吧的酒喝，朋友劝他少喝他听不进去，大家是又好气又觉得他好玩。李立群后来给自己改名字叫李云，江波说立群给他解释过，他觉得自己就是一朵流浪的云。

　　二〇一五年春节过后我接到江波的来信，他告诉我李立群去世了。我听后特别诧异，第二天我就看到老周也在微博上说朋友李立群走了。我回想这个人给我留下的所有印象，又似乎对他的离去有了一丝理解。为什么会有这样的想法？这里我要说一些对李立群或许不敬的话。从我知道李立群去世的那天，我没有问过朋友他到底是怎么走的，在我的潜意识里我一直以为李立群是自杀身亡，也许因为怀才不遇，也许因为酗酒成疾，就连事情发生后我和江波每次见面又聊到他，谁也没提起过他的死因。直到今天早上老周找到我，让我为立群写点东西的时候，我才在微信里问江波，李立群是用什么方式结束自己生命的，江波告诉我立群是意外身亡。

　　我猜想这也是一种冷漠吧，我和李立群虽然不算知根知底的朋友，但在这短短的一生中也算是有过几次交集，是什么让我对一个生命的离去如此冷漠？难道人真的如同一朵在天上流浪的云吗？没有颜色、没有生命，甚至连流动的足迹都没有留下。我想，不是的。

　　逝者安息，这世界因为有每个人的存在而不同。

二〇一九年五月一日

巡演路上的朋友

　　这次春季巡演因为疫情取消了近一半的城市，演出像押注一样，不到最后时刻都不知道是否能进行。我还算好，一个人没有多少成本投入，可很多乐队和场地演出前期都付出了大量工作，说叫停就叫停了，无奈成了常态。没有疫情的城市也不见得就好，前两天看到喜欢的台湾音乐人林生祥，演唱会举办前不得不写文章讲故事，为的是能多卖出一些票。顿时让我这个晚辈仰慕者觉得自己的小坎坷何足挂齿。独立音乐的"繁荣"景象要看清，归根结底我们还没有那么结实的土壤。P. K. 14的杨海崧谈音乐综艺节目时讲得很好，是难得的清醒音乐人。

　　牢骚发完还是聊些轻松的。无锡站的演出正准备调

音，文件下来了，只能办理退票取消演出。可我想，来
都来了就唱一唱吧。当晚就在一缕炊烟咖啡馆照常演了
一下，还真有两三拨儿本就计划看演出的观众。有人
说，我们把票款再付给你吧。岂有此理？来了就好。咖
啡馆的老板量子喝多了，给两个他认识的观众强行推销
我的唱片。人家看来头也是音乐爱好人，一下子买了我
三千块钱的唱片，搞得我很尴尬。

　　曹量就不说了，去无锡演出的音乐人应该都认识。
李峰和朱哥，夫妇二人也是我在无锡的多年老朋友，
二〇〇八年我去无锡演出，老周介绍我们认识。他们
俩都在新闻媒体工作，但有些认知和多数体制内的人
不同，时常搞得自己义愤填膺。我还记得，那天见面
我们在餐厅吃饭，他们说今天上海出事了，一个青年
在闸北派出所袭警，六个警察身亡。大家面面相觑，
不知是什么样的仇恨使然。李峰是重庆人，比朱哥岁
数小一些，我们初相识时她还是个典型的漂亮川妹子。
那年他们的女儿才一两岁，我把她女儿抱在怀里像抱
个布娃娃，转眼间李峰也老了些，女儿出落成个大姑
娘了。他们夫妇对我体贴入微，李峰后来学佛，我母
亲患病，她都有请愿送福；我去无锡，大包小包的礼

品总要塞一堆；每年清明前还会收到寄来的新茶。后来我偶尔去无锡玩，就故意瞒着他们，这种馈赠有时让我有压力。

苏州和无锡没有演成，南京场成了这次巡演的首站，在欧拉的小舞台。可能和憋了两场有关，那天我状态很好，演得也不错。演出完，南京的老史拉着去吃消夜，他提前几天就和我说这次一定要聚下。我们相识也有些年，当年的"民谣救护车"义演，他一直在微博上帮忙义卖。但我们没有见过，这次算是第一回正式碰面。在巫婆黄老师的陪同下，消夜吃得有滋有味。男男女女人不少，喝酒的酒令是成语接龙，然后就龙飞凤舞、五迷三道了。黄老师开车送我回酒店，路口碰上交警查酒驾，她吃了一些黄酒小龙虾，我们紧张起来，所幸安全通过。到酒店一会儿工夫，她发来短信，说回去在路对面又吹了一遍。

合肥站时，邱大立又从芜湖赶了去。我们认识时他生活在广州。有一年我住在广州他家，夏天四十多度，他家竟然连个电扇都没有。我怕热是出了名，实在扛不住，便跑去他邻居家借了一把摇头扇回来，不然真会闷死在那儿。大立是个乐评人，以前为国内一些音乐杂志撰稿，那时候很多音乐要看杂志上乐评人的推荐才知道。他听了很多唱片，但不太懂歌曲的专业知识，他讲他听音乐多半还是听歌手的嗓音有没有打动他。我不认同他的观点，但也不妨碍我们交流。大立有些感性，写出来的稿子有时也会偏离，喜欢抒情一下，总结一下。碰上看不惯的音乐行业怪象，他又会骂一通。后来乐评人这个行业渐渐没落了，能投稿的杂志社也越来越少。我没问过大立的收入问题，那样很不礼貌，而且我又拿不出钱帮他。但我知道他应该是很拮据的，每次有好的乐队去合肥或者南京演出，他都会买了门票，从芜湖坐便宜的绿皮火车赶去现场支持，有时看完连夜再坐回去，省一晚住宿钱。这次合肥演出完第二天我开车把他送回芜湖，我嘴馋多说了一句，问他芜湖那个好吃的卤水鸭还有卖吗。他到了以后，硬给我买了一只超级肥大的鸭子，还有一大包鸭胗鸭翅，我知道那个鸭子很贵的。他迈着擅长跑马拉松的矫健步伐在车窗外送别我，他说，那个鸭汤记得回去熬冬瓜。大立是个倔强的乐评人。我有次突发奇想，他符合那种文艺电影里怪诞的小人物形象，坐在闷热的房间里，敲打着台式电脑的键盘，内容是为中国独立音乐操碎了心，关键是键盘上还蒙着未拆掉的塑料封套。

　　武汉疫情，演出只能取消。看了看武汉的管控政策，凡是从无锡疫情后去武汉的人都要隔离，可无锡疫情后并没把自己归为中高风险城市，行程码也没加星。但武汉说，不行。离开长沙去景德镇，本来我是再到武汉中转的，但行程码里有无锡，我担心中转时别给摁在那儿，还是改变计划吧。

　　在景德镇待了三天，住在三宝村的储扬一直陪着我。他是我在北京认识的朋友，以前在鼓楼附近开了一个铺子卖手工艺品，多以瓷器为主，店面不大但客人不少。后来他把铺子卖了，跑到景德镇自己学着烧瓷器。储扬是东北人，但在北京学了一口的京片子，比北京孩子还要贫，和别人说话总要数落别人。我觉得他和人交谈需要点运气，搞不好容易打起来。储扬对我算是很客气的，可能他知道有时我开不起玩笑吧。

　　储扬的女朋友是内蒙古人，冬天嫌南方冷，就跑到内蒙古过冬，她告诉储扬，在她老家根本不用开自家暖气，蹭蹭邻居家的就够过冬了。我说，人家这才叫蹭热度。储扬给我说，他女朋友很厉害，我就问他怎么个厉害法，我觉得听这种故事最有意思了。储扬就继续给我说，他女朋友以前跟着一个著名企业家做助理，企业家经常要开会，会上经常有急电打来。然后企业家就得急飞纽约或什么别的城市。那就赶紧部署一下公司的工作吧。等企业家巴拉巴拉部署完工作，就叫助理，也就是储扬的女朋友，此时，她该出现了。这时，他女朋友没等企业家开口，就说，×总，今晚飞纽约的头等机票已订好了。一会儿送您回家收拾出差用的行李，专车司机已经在楼下等候，没事，不用着急，您随时可以出发，他一直负责今晚送您到 T3 航站楼，稍后我马上跟进纽约那边的接机事宜。

我们俩为他女朋友干了一杯热拿铁。

在义乌和巫婆黄老师又会合了，她从南京跑去，决定跟我走接下来的三站演出。除了听歌，还为她爱吃的义乌隔壁饭店。隔壁饭店是隔壁酒吧老板二手家开的，做些地道的家常菜，在当地食客嘴里有很好的口碑。我们这些去演出的朋友也都爱吃，最有名的是醋烧鸡。巫婆每次去除了堂食，回南京还要打包一份带走。认识巫婆后，好像我在南京的专场演出都是她帮我订场地、写推文。这么多年过去了，我依然卖不出去几张票，我看着巫婆，都有点替她恨铁不成钢。

晚上演出前巫婆想替我在隔壁酒吧的墙上签一个大大的"2"，结果不小心摔了一跤，脸都磕肿了，吓了大家一大跳，万幸只是皮外伤。她开玩笑说，可能明天啃鸡会有点费劲，我其实心里有些自责。"心灰意冷"的巫婆决定留在义乌参加第二天的舞蹈班，就是《低俗小说》里乌玛·瑟曼和约翰·特拉沃尔塔跳的那种舞蹈，最近风靡江浙一带，搞得开饭馆的小老板也天天扭来扭去。义乌看来还真是国际的义乌。

第二天演出是绍兴的荒原书店。我第一次去绍兴是十几岁的时候，跟着我爸，他把我丢在一个小客栈就去了萧山谈生意。我那时候已经学会了喝酒，自己一个人跑到小饭馆里，要一瓶"简加饭"，炒两个小菜，像模像样地喝了起来。那时除了知道绍兴有鲁迅，什么秋瑾故居、蔡元培、王阳明、沈园里的钗头凤，谁知道这些。就像若干年后周云蓬故居是不是也会成为绍兴的景点还不得而知。当晚的演出要谢谢韩峰，为了保险起见，我把他从杭州叫了过去，事实证明太对了，他要不去，现场的音响连声音都发不出来。

在义乌受了点寒，我的腰病犯了，坐立难安，回来歇了几天也没缓过来。明天是杭州站，不知道又有什么

情况会发生，好在巡演路上总会碰到一些好朋友，权当
自娱自乐吧。

二〇二二年三月十日

我们都是野孩子

十多年前我在北京东三环一个著名酒吧里驻场，每周四我和乐队风雨无阻，无论有没有客人都会拿着乐器在台上准时开唱。乐队另外两个人都来自西北，一个天水一个西宁，他俩经常是喝大了才来，我说也没用。后来就想了个办法，先唱一个解酒的歌把酒劲儿撒出来就醒了，于是野孩子乐队的《咒语》成了我们每次演出的开场曲。"我看见他们来了，我看见他们走了。"我们一遍一遍地唱，眼看着台下的客人换了一拨又一拨，直到酒吧倒闭。

河酒吧的年代我没赶上，那个时期我还在地铁卖唱，算是真正的"地下歌手"，有遗憾，不过这就是生活的轨迹，我在我的轨道里（或者说是通道里）一样收获了其他。再见到野孩子的成员是在无名高地了，那天的拼盘演出有张玮玮和郭龙，我们不认识，没说一句话，那时玮玮还不唱歌，手里变换着各种乐器，郭龙始终抱着他的手鼓打。后来见得多也就熟了，玮玮有一阵在某个唱片公司上班，有一天他和同事开着车去我住的村子里，绕来绕去才找到我租的小房子，玮玮捧着茶杯坐在我床上大展宏图，他说，要这样这样办，看，这是公司的计划书。没过两天，玮玮就辞职了。

其实最早《李伯伯》是玮玮在酒局上才唱的歌，我说多好，干吗不演出呢，你把歌词给我捋一遍我唱。后来玮玮在迷笛民谣舞台一唱，红了。

二〇〇七年冬我去大理游玩，晚上在酒吧演出，离很远就看见一个中年男人披着呢子大衣背着手走过来，那是我和佺哥第一次见面，他眼神坚定，笑容真诚，几句寒暄后我上台，心里略有压力。演出后的酒局没看到佺哥的身影，但收到了他给我发的短信："小伙儿唱得好！去村庄，去河边和草原吧。"（大概意思）那条短信我保存了很久，我始终是个俗人，这些年也没去多少村庄和草原，我经常泡在苍蝇小馆或者大排档，一杯杯地灌着水啤打着饱嗝，我把这些垃圾食品消化掉变成属于我的市井小曲，不知道佺哥是不是会对我有点失望呢。

　　老马和武锐加入野孩子后现场更迷人了，尤其是五个人正襟危坐唱起《黄河谣》时，每个汗毛孔都被他们打开了。成立二十三年第一张录音棚专辑，野孩子也算终于给了歌迷一份礼物。我和老马说，野孩子的歌太少了，你们要学会允许自己写出一般的歌曲，质重要，量一样重要。老马时而紧闭小嘴，时而点头附和。那天他们唱起《石头房子》，我就把自己变成了歌词里的青年，我和他们一起对酒当歌，从两眼放光到眼神迷离，我已经忘记了那晚大部分我们说过的话，音乐对于我们每个人一样也不一样。可当我们站在舞台上的那一刻，我知道我们都是活在这个时代的野孩子。

二〇一八年六月二十七日

边走边唱

　　新专辑的上半轮巡演结束了，好像还没太回过神，早上睁开眼迷迷糊糊，冒出的第一个念头竟是，今天是在哪一站来着？

　　"巡演"这个词属于现代用词，顾名思义，再贴合不过。我记得李志说过一句话，大概意思是巡演是我们音乐人最擅长的事情。在过去，民间艺人居无定所，走到哪儿唱到哪儿，弹唱是谋生的手艺，而路上可以收获新的故事，写出更多的作品。年复一年，他们走在路上，不用预约场地，也无须掐点儿赶路。没有分成和保底，大街上围一群，看看这个艺人的能耐，唱得好赏钱多，手艺差的话，有可能晚饭就没着落。边走边唱的岁月里，也是一个历练的过程。史铁生写过一个小说叫《命若琴

弦》，盲人老先生带着同样看不见世间的小徒弟，一路
走一路唱，老先生对徒弟说，当你的琴弦弹断一千根的
时候，眼疾就有药方了。故事的结局不难猜到，但那
份对生命的豁达，不是每个坐在温室里的人能体会到
的。小说后来被大导演陈凯歌改编成了电影，就叫《边
走边唱》。

　　现代社会的艺人很少再去过这种流浪生活了。我们
有便利的交通条件去不同城市，有专业的场地供我们展
示自己的才艺。也有更多的观众去买账，吃饭早已不成
问题，艺人百花齐放，拼的是票房，就连我这样没名气
的小歌手，一路巡演结束，除去所有成本，也会有结余。
回家的路上，还要再给老婆孩子买套新衣服。

　　回想一下，我自己巡演也有十多年的经历了，它变
得越来越像一个任务，每到一个城市，除去表演和吃饭，
大部分时间都是在旅馆客栈。这个地方发生了什么，好
像都与我无关，我成了一个只关心票房的艺人。泉州关
帝庙前的两匹石马为何只有一匹有马鞍，温州柏林海鲜
排档为何叫柏林，这些竟然没有"秀动"预售了几张票
吸引我。终于，我坐在清源山上的小茶馆外，日落的余
晖扫了我一眼，它像是在说，朋友，你的身上要有光啊。

我反思，是有点消沉了。身上的光在哪里？这不难悟，它应该在手中的琴上。那晚我换了一套新琴弦，我没计算过这是我弹琴生涯中的第几根琴弦，未来，还有大把的弦要换。

　　我想起看过的一个纪录片叫《挖眼睛》。过去有很多民间艺人都是身障患者，靠卖唱为生，就像《命若琴弦》故事里的师徒二人，都是眼盲。但《挖眼睛》里的主人公不一样，他的眼睛是被人挖掉的。在那之前他就已经是个说唱艺人了，游走乡间数年，小有名气。有一年他在卖唱时和当地一个女人好上了，女人家里有丈夫，事情败露后，丈夫带着人把说唱人的眼睛挖了出来。后来他把自己的这个故事写成了二人台，取名《挖眼睛》，红遍一方。当导演徐童听完这个流传当地的故事找到他时，他还在从事着二人台的说唱生涯，每次《挖眼睛》唱起时，台下依然站满了观众。我相信人们在听他唱的时候，他身上是有光的。艺术源自生活，这话就是这个意思吧。

　　生活有多面，苦难是其中。写作不是推崇苦难，但苦难的故事却带给了别人欢乐。说着说着成了个哲学话题。我想说的是，一边走才能一边唱，遇见美好是礼物，碰到苦难也得认，把这些消化掉，或许有一天它会变成写作的养分。我去弄清了关帝庙前有一匹马是岳飞的坐骑，所以它叫关岳庙，关羽时期的东汉，骑马还没有马鞍，所以另一匹马背上只有衣褶；而温州柏林海鲜排档，老板叫柏林。当然，也不能给自己较真儿，在柏林海鲜排档再点一份濑尿虾、冰啤酒，夜生活才刚开始。

　　我隐约听到有个说书少年正从柏林海鲜的街那头走来，他边走边唱，歌里唱道：

自从盘古分天地，

三皇五帝到如今，

有道君王安天下，

无道君王害黎民。

轻轻弹响三弦琴，

慢慢稍停把歌论，

歌有三千七百本，

不知哪本动人心。

——史铁生《命若琴弦》

二○二○年十二月九日

卡拉永远 OK

九十年代初，我们县城开始流行起来了街边卡拉
OK。一台彩电、一台录像机，两个国产组合音箱，找
个合适的街边一放，就开始了。那时候这算是很时髦的
娱乐活动，所以来唱歌的人很多，尤其是年轻人，大家
都排着队等着播放自己点的歌。点唱一首歌是两块钱，
那些小老板一晚上也不少赚。

我还记得有一个夏天的傍晚，我和我哥吃完饭准备
去看场电影。路过一个公园门口的卡拉 OK 摊儿，我
俩赶紧凑过去看热闹。有个男人正准备献唱，我记忆犹
新，他进唱之前说了一段话，他说，大家好，我叫小
友（不确定是不是"友"），很长时间没和大家见面了，
希望大家过得都好，下面我送给大家一首《只要你过

得比我好》。可下面的人都不认识他，于是大家就哈哈
大笑起来。

　　我生平第一次唱卡拉 OK 更早，只是当时还不知
道它叫这个名。那时我小学四年级，期末假期前，班
里组织联欢会，男生里唱得好的有两个，一个是我，
还有一个也是个怪家伙，因为他长了一颗奇怪的脑袋，
前额和后脑勺都鼓鼓着，有点像电影里的 ET。那天我
的怪同学唱的是《万里长城永不倒》，没有任何伴奏
只能清唱。这是首粤语歌曲，他不会粤语，就叽哩哇
啦地唱，但大家都不会粤语，认为他的叽哩哇啦就是
粤语，很受欢迎。不过，我的表演，我觉得更胜一筹。
我从家里拿去了当时还很稀罕的双卡录音机，唱的是
陈汝佳的《我祈祷》。那时候没有纯伴奏带，我只能跟
着磁带里的原唱一起唱。我让同桌在放到进唱的时候
把音量关小，前奏间奏尾奏时放大，那样我的声音就
能突显出来了。我还拿着黑板擦当话筒，唱得非常投
入，同学们掌声不断。班主任后来和我谈话，说我嗓
子不错，但歌曲选得不太恰当，他认为怪同学选的歌
更好。

　　从此我对那位怪同学耿耿于怀，我认为他是个骗子。

多年后我的粤语歌曲唱得已经很不错了，偶尔演出时还会翻唱一两首粤语经典歌曲。

　　一九九八年，离在班里唱《我祈祷》又过去了十年，那时候陈汝佳还活着。我和朋友一起做起了卡拉OK生意。只不过把它从街边搬进了屋子里，录像机换成了影碟机，录像带换成了VCD，再也不用拿着一个摇把一样的东西转来转去地找歌了。由于都没钱，我们的场所没有包厢就一个大厅，叫音乐茶座，但没有茶只卖酒。点歌还是两块钱一首，客人多的时候一桌只能唱一首，轮流来。那些日子发生了很多有意思的事，其中就有一个为歌痴狂的小伙子。那小伙子在我们店附近工作，家是农村的，住在单位，每晚来我们店里要一瓶最便宜的啤酒，唱几首难听的歌曲，不是歌难听，是他唱得难听。有天晚上，小伙子可能多喝了一瓶啤酒，唱得更加难听。另外桌的一帮人在他唱完后就起哄喊："好……好……好个屁！"

　　那帮起哄的是我几个朋友，我挺生气。我给那个小伙子赔了礼，他什么也没说就走了，从此再也没来过。我对朋友说，你们自己人砸自己人的场子。朋友说，真不是砸场子，是那个人唱得太过分了。

二〇一三年夏，我和乐队巡演到香港。晚上在庙街闲逛，看到一些还在艰难维持的露天歌档。一个老旧的电子琴，或者干脆放着伴奏带，唱着很老的粤语歌，听者寥寥。朋友说，当年梅艳芳出道前，也在庙街唱歌。所谓繁华过后是落寞，就是这个意思吧。

还有一次，我在长春的南湖公园里瞎转悠，一个六十来岁的老人，自备整套家庭音响在湖边高歌，嗓音高亢明亮，说话幽默风趣，引得游玩的路人纷纷坐下欣赏。他唱完一首就问，大家还想不想再听一首？没等别人回话，他说，我知道你们肯定还想再听一首。于是又唱起《梦驼铃》《三套车》《暗香》《一剪梅》……还有很多我都忘记了。终于在他一曲终了时说，今天就唱到这里，回去吃午饭了。我看看表，已经都下午两点半了。让我没想到的是，那些游客根本不放他走，有个人直接就从包里拿出吃的喝的，说再唱两首才放行。

去大理玩，朋友有天拉着我的手说，这几天咱组织一次唱卡拉 OK 吧，三月街有好多家 KTV。可由于时间仓促，没能去成我就离开了大理，我想有机会，要去飙上一飙。

歌　唱完有谁来陪

酒　难说心中滋味

管他谁是谁

管他昨天明天是错是对

只有这里才是我唯一不变的堡垒

不管喜或悲

卡拉永远OK

　　　　　　　　——谭咏麟《卡拉永远OK》

　　　　二〇一九年八月二十六日修改

快乐的摩托车

　　青春期的时候我就迷恋摩托车，那时候我父亲有一辆，我经常趁他不注意就骑跑了，本来个子就小的我，骑在一辆摩托上面看上去很滑稽，可我才不管那么多，油门儿一拧就来劲。后来我父亲的生意做败了，家里的汽车和摩托都抵了债，我也就又成了个蹬自行车的小个子。那时我要好的一个朋友有辆"野狼125"，正经台湾进口，比现在的车要皮实得多，我没事就去找他，蹭他的车骑。《烈火战车》里刘德华说："当我骑在它上面，发现风在我前面，我加油，它会帮我和风赛跑。"我没想过和风赛跑，那台词有点老土。我喜欢《宏義的摩托》节目里宏義说的一句话："能给你带来快乐，它就是一辆好摩托。"

　　北京对摩托车管得很严，去加油站加油要有牌照，否则不给加。我考摩托驾照的教练是个六十多岁的老师傅，姓张。没事的时候我就和张师傅扯皮，他说他是中国第一批专业骑车的，参加过很多比赛还拿过无数奖，现在每年还要骑一次川藏。他说他有辆宝马巡洋舰，让人羡慕。后来另外一个年轻的教练对我说，老张又吹牛了吧？他没宝马，他骑电动车。我们那一期的学员有六十个，交规考过后有一个星期的练车时间，一周后考路考。所谓路考就是在练车场跑一圈，中间要绕S圈、过桩、单边桥、坡起，只要你双脚不着地顺利通过就算合格。六十个人总共就三辆练习车轮流骑，考试的车是嘉陵70，有些没有驾驶经验的学员上去就不舍得下来，一圈一圈绕。我练了两圈都顺利通过障碍，就继续和老张扯皮去了。老张说有次走川藏，下雨塌方路过不去了，就找了个藏民家借宿，被主人灌多了酒。第二天一睁眼车没了，老张这就要掏刀子，结果人家男主人骑着车回来了，说，这车好得很嘛。虚惊一场。还有一次，一个骑行的女人要和老张搭伴走，老张没同意，问为啥？老张说娘儿们家，骑得太慢，我都是一百多迈。

　　等到路考那天赶上下小雨，六十个人淋着雨在考场上绕圈子，本来去主考的交警待了两分钟就走了，大家都很开心，这意味着教练成了主考，因为之前都认识了也就没那么严格，那天只要去的就通过了。有个家伙直接开到墙上去了，老张在一边喊：你干吗呢，谁让你骑墙上的？看看车没事，也给过了。我倒霉，就六十个人，我排在第五十几，也是顺利通过，不过淋了一个多小时雨，回来就感冒了。又等了一周多，通知考最后的安全文明驾驶，五十道题，每题两分，九十分及格，我考了一百分，记忆中从上小学就没考过那么好的成绩。驾驶证很糙，人造革的壳。载着荣誉我跑到教练场，老张在，我塞给他两盒中华烟，我说张师傅，我拿到证了，下回和你骑川藏。老张眯着眼看我，说，得嘞。

拿到驾照骑着合法的摩托，我第一次有了和风赛跑的感觉。有了车又想添置周边的装备，好的头盔一定要买一个，我给自己的理由是国产的没有安全性，样子又丑。可进口的一个头盔就要好几千，我正犹豫不决，我的朋友小木知道了，说你犹豫啥！我刚有点主意，谁知他又说，有那钱你还不如买个好话筒呢。于是我买了支话筒。可没有头盔不行，最后还是咬了咬牙买下个好盔。

前阵子看了个台湾的纪录片，讲一帮平均年龄八十多岁的老人开着摩托车环游全台，整个行程都有公益组织跟随拍摄，做充分的后援工作，让人看了由衷地感动和佩服。我想我比那帮老人差远了，我不是个行动主义者，很多有意义的事情我只是停留在想想上面，真要做就找各种理由搪塞自己，比如说也来一次远程的骑行，我想过很多回，可总是因为身体的情况而顾虑重重，最近腰又出了问题让这个计划不知又得搁浅到什么时候。

总会春暖花开，待到那时腰也好了，我要整好新装戴上盔，骑着我心爱的小摩托和风赛一次跑。沿路的姑娘你看清，我不是老张，我愿和你搭伴儿，速度你说几迈是几迈！

二〇一四年十月十六日

我和狗是朋友

我和我的家人都喜欢狗，我从小长到大，家里养过不少只狗。狗这种动物，大概率对主人都极其忠诚，老话说："狗不嫌家贫，儿不嫌母丑"，很少有狗会主动离你而去，有关狗的感人故事，世上不计其数。而用"狼心狗肺"这个成语来丑化人，实在是不成立的。我听说过有的地区有的人的怪癖好，说他们自己养狗，等养肥了就杀来吃肉。狗被主人四肢绑起，倒吊半空，等到临死的刹那，才知道人心叵测。

我上小学的时候，有一年县里搞"打狗"运动，我亲眼目睹一帮打狗的人在我们学校操场上屠杀一只小狗。那只狗，我恰巧认识它，它就住在我每天上学途经的路上，很多次它都在家门口"站岗"，我便和它玩一会儿，兜里有零食时就拿出来喂它，每次它的尾巴摇得就像个拨浪鼓。

我们学校的校办工厂是做木材加工的，因此操场上堆放了很多树木，那只小狗夹着尾巴在树木间逃窜，最终还是没能逃过一劫。我望着那帮打狗人走出校园，它吊在铁棍子上，还没有死透，身体抽搐。狗的嘴被钢钉穿着，往下流着血浆子，惨不忍睹。那帮人同样是龇牙咧嘴，但他们在说笑。而我只能离很远看着，心里骂："×你们娘！"

有一天邻居王叔抱来一只小狼狗，问我爸养不养。王叔是个拉车工，平时酗酒成性，听人说，有一次他拉着主顾的板材偷卖掉，钱都换酒去了。王叔养有一儿一女，在邻居小朋友里，那姐弟俩过得有点凄惨，三天两头挨他爸的揍，特别是他喝完酒发疯，让姐弟俩在院子里排队操练，喊稍息就得稍息，喊立正就要立正。张家长李家短，邻居间都爱嚼舌头，因此，王叔在我们那条街上名声不好。

王叔对我爸说，小狼狗是人家送他的。我爸明白，也为防后患，我记得很清楚，最后我爸给了他三十块钱。在当时，三十块钱不算少，够他喝几天酒了。从此，小狼狗就留在了我家。那时候正在热播日本电视剧《警犬卡尔》，我很没创意地给小狼狗起名叫卡尔，叫了它两天，它似乎对名字没兴趣，我就放弃了。

我妈经常说，狼狗有狼性，也不知道她从哪里得来的理论。但那只狗真的是只惹事魔王，咬了无数人，我和我哥都是受害者。这还不算完，我堂姐的屁股也被它咬过，大冬天，隔着厚棉裤，一个血口子。我妈学来了土方子，赶紧烧狗毛，往堂姐屁股上敷。咬了自己家人还好说，咬别人就不好摆平了。那时候也不兴遛狗拴绳啥的，有次一开家门，正好一个过路的经过我家门前，大概以为是个贼，它蹿上去冲人大腿就是一口。我妈还要给人家敷狗毛，人家哪会答应，赶紧去医院打了狂犬疫苗，赔了礼道了歉，这才算完。也因为那会儿人真的好说话，看你主人是讲理人，谁会和畜生一般见识呢，搁现在，这狗早被处理了。

这狗一身金黄色的毛，我有时叫它大黄，每次叫，它依然爱搭不理的。大黄唯一害怕的就是我爸，从不敢冲我爸龇牙。它惹完事，我爸回来就会一顿打，拿棍子打。我妈在一边说："它是个畜生，你和它一般见识。"我爸气不过，冲我妈喊："打死个狗日的。明天它把人咬死了，我得去偿命。"狗被我爸逼到墙根儿：
"呜呜呜、呜呜呜。"我爸打完，气消了，去屋里看电
视了。这时我外公又从屋里出来了，他脑血栓半身不遂，
拄着拐棍儿一步一步挪过来，举起棍子就抡狗，哪知道，
狗一嘴叼住了他的拐棍儿，往后退了几步，然后猛一张
嘴，外公四脚朝天就仰了过去。外公躺在地上喊："学瑾，
学瑾（我妈的名字），快来，拉我。"那一次，我妈差点
被吓死。你说说，这狗到底聪不聪明。不过就算这样，
我妈也没说过一次不养它了之类的话。大黄和我妈也
一直相安无事，从来没有凶过。

后来我们得出结论，只要不在几个时间段惹到大黄，
就不会有被咬的风险。一是它在吃东西时，它非常护食。
就像我妈说的，狼狗有狼性，应该说它基因里还保留着
动物的野性，吃东西时生怕别人是来抢食的，所以绝对不
要这时招惹它。二是它睡觉时会天生有种自我保护意识，
这时要手欠就倒霉了，半梦半醒间的狗，是分不清谁是
谁的。三是当它以为主人受到威胁时，这一点，它会认
为是它的职责。但狗毕竟是狗，有时会弄错，可能别人近
距离猛然一个动作，都会被它认为是对主人的攻击。

其实，大黄绝大部分时间是只让人爱的家伙，也极

其聪明。它会护送我上学放学，每次放学排队时（我因个子矮，排在队首），它都会迎面扑过来，两只前爪搭在我的肩上，还用大舌头舔几下我的脸。老师和同学也都见惯了，没人会害怕。我也不知道它在教室外等了我多久。

有一年学校遭小偷，一夜间丢了很多课桌板凳，班主任找到我，想借大黄看夜，问我同不同意。我特别来劲，心想这回要立功了。可谁知道班主任只是让我们家大黄夜里看教室，不让我陪着。我心有不甘，但想想，大黄重任在肩，我这个小主人也不能有自私之心。我想到以前战争时期，多少家长都亲手把儿女送上战场。毛主席都不例外。牺牲个大黄算什么，不！就算小偷来了，也绝不是大黄的对手。

第二天早晨起来天没亮，我是全校第一个到的，没跑到教室我就喊了起来："大黄大黄"。它听见我来了，这回答应得最爽快："汪汪汪汪"。晨读时，教导主任来找了班主任，班主任又对我说："今天大黄不用来看教室了。"我说："小偷还没抓着呢，万一今晚又出现呢！"班主任说："别闹了。"

那年的夏天，"打狗"运动又来了。我妈和我们商量了一下，果断把大黄送回了农村老家，寄养在我大伯家。我大伯哪有本事能管得住它，他下地干活时就把大黄拴在家里。不料大黄挣脱了锁链，跑了。有个老乡说，他在通往城区的路上还看见过我们家的大黄狗。他说："狗记千猫记万，它那是往城里家里跑呢，准是让剥狗肉的半道儿给截了。"他不说不要紧，一说，恨得我咬牙切齿。为这事，我记恨了我大伯很长时间。送大黄回农村前，我依依不舍，剪了它身上一撮黄毛留当念想，没承想再也见不着它了。

大黄离开以后，我们家陆陆续续又养了很多只狗，不过还好，再没碰到一只像大黄那样惹是生非的家伙。在我童年到青少年时期，身边总会有狗的陪伴，它们给我们一家人也带来了无数的快乐时光。

我二十一岁离开故乡，去了北京。那时候我爸做生意失败，债务缠身，我们也终日不见他的踪影。我们家的房子也让我爸抵押了出去，后来被法院拍卖充公。我妈退休后，不想再在城里委屈度日，于是搬到农村，在村里租了一个乡亲的房子，靠着不多的退休金省吃俭用，日子总算稍稍安稳。那时平日里陪伴我妈的是一只叫豪豪的狗。豪豪是乡亲家的老母狗生的崽，老乡知道我妈心地善良，又喜欢小狗小猫，就抱来了。听我妈说，抱豪豪来的时候它特别虚弱，以为喂不活呢。我妈把饭菜一口口嚼完，再喂它嘴里，真是用心良苦。没想到过了两天，小家伙精神起来了，嗷嗷叫着要吃的。

豪豪是一只对人温驯的帅气公狗，从没对人（哪怕是陌生人）凶过。它身上的毛，黄白相间，长得漂亮又有点豪气，所以我妈给它起了这个名字。我每年春节回去，它都会提前被我妈指挥着在门口迎驾。虽然我和它一年也就见这么一次，但它对我的热情却不掺杂水分，从它的眼神里我能觉出来，它拿我当家人。豪豪长得帅，因此，它极具母狗缘，这是不是叫"以貌取狗"呢？据我妈说，方圆几里的小母狗不是它的妃，就是它的妾。别看它对人温驯，可有哪只公狗不小心闯进附近的几条胡同，只要被发现，准会被追出二里地去，你说说，这家伙到底霸道不霸道。

在乡下，生活上始终不便利，几年后，我们家在靠城不远的近郊租了一套单元房。豪豪跟着来了，但习惯了在乡下撒野的一只狗，哪受得了天天在楼房里待着，它天天闷闷不乐，除了每天下楼遛它，它才会打起一丝精神。我妈看着它可怜，那看它的眼神，就像当初看我们哥儿俩在县城待着憋屈一样。最终，她让我们哥儿俩出去闯荡。而豪豪，她虽然不舍，但还是决定把它送回农村。豪豪回到乡下，继续过着它放浪的生活，直到慢慢老去。

十多年前，我和我哥把爸妈接到北京生活，现在陪伴在他们身边的是一只叫"缘分"的小蝴蝶犬。缘分的到来也真是一场缘分。那是我妈在去菜场买菜的路上抱回来的。我妈回来给我说，有一个老太怀抱一只小狗崽站在路边，好像在等什么人。我妈就停下来和人家唠嗑，老太太说，小狗是自己家老狗产的崽，可儿媳妇刚好在怀孕期，家里不方便再养小狗，于是就在这里碰个有缘人，有真心喜欢养狗的就送给人家。我妈说，这不就是在等我嘛。

这一晃，缘分来我们家十年整了，它从一只活泼的小奶狗变成了一只暮气沉沉的老狗。每天早晨，我爸开着电瓶车拉着我妈和缘分，奔波于去各个菜市场的路上。有时我爸嫌缘分行动迟缓，嚷嚷着让它蹦到车子上来。我妈冲我爸没好气说："你蹦个试试！"缘分胆儿小，听出来我爸是说它了，尾巴一摇，努着劲儿又蹦了一次。

二〇二一年十一月九日晚

远离这座城市

宝书

一九八三年，滕州还叫滕县，我印象里它有一股梧桐叶子的味道。这个印象的由来一定是因为府前路上的两排大梧桐树。府不是贾府也不是荣府，叫这个名都知道是因为县政府就在这条路上，也就是说梧桐树长在了核心上，因此这条路格外肃穆，所以我印象里的梧桐叶子味还带着严肃，和浪漫没关系。不过府前路上也有它的不严肃，这条路的路口有一家音像店叫环球音像，是当时滕县为数不多卖唱片、磁带的地方。老板叫宝书，和我们家有点远亲，论辈分管我爹叫叔，宝书属于最早一批下海经商的个体户，他的音像店经营得风生水起。

我们家住在县城的北部，离家不远有一条河，本来叫小清河，可常年无人治理散发着恶臭，周围的人都叫它小黑河。梧桐叶子味和发臭的小黑河占据了我童年嗅觉的很大一部分。我爹那时候还没有经商，是一个建筑公司的采购员，在当时算是个吃香的工作，我们家自己盖房子的建筑材料就是占了他工作的便利，这些物资个人是很难买到的。我爹爱赶时髦，我们家那时候有一台日本的三洋收录机，偶尔他会带着我去宝书的店里买磁带（给不给钱我忘了）。深秋的一天午后，我妈跟我爸说，今天游街宝书在车上呢。那年我六岁，有个比我大两岁的哥哥，我的小妹妹还没出生。没过多久我开始进入高度紧张状态，迎接马上来临的学生时代。

青蛙

那时候我最好的朋友叫袁浩洋，他的嘴长得很大，所以我叫他青蛙。九十年代的滕县已经改了名字，叫滕州市，县政府改成了市政府。我和青蛙先后辍学，提前进入社会。我俩关系非同一般，不光因为是邻居，很多地方我们都很像，我们的爹都是下海经商的失败者，他有个姐，我有个哥，他不爱学习，我一看书就头痛。凑了点钱后我们俩在府前路路边的梧桐树下摆了个摊儿，卖扎啤和煮花生。一杯扎啤一块五，一盘花生一块钱，卖出去一杯我们一开心就喝两杯。那时我最爱的事情是逛音像店，宝书是什么时候又出现的我不知道，但环球音像一直没有关门，整个九十年代的上半部分我只要挤出点钱就去买磁带和看电影，宝书在的话有时不要我的钱，但他媳妇在时另说。宝书看到我卖扎啤专门过来照顾过一次，我记忆犹新，他喝了一杯扎啤给了我一百块钱，很阔气！

　　青蛙的爹承包河塘养鱼，挣钱时富得流油，在那个年代我见过最豪华的房子就是青蛙家的，客厅光雕刻着龙凤的大理石柱子就好几根，房顶上是个超级大吊灯，上面的玻璃装饰就像秦始皇头上戴的玉旒子。人乍富就喜欢挥霍，青蛙的爹爱上了赌博，总是大把大把输钱。一露富就容易出事，后来他爹的河塘遭人下毒，一夜间鱼全部翻了肚皮，青蛙的爹捞出来扔掉重新下鱼苗，好不容易养肥了，下毒的人又来了，青蛙的爹偷偷拉了电网，结果把其中一个下毒的人给电死了，法院要枪毙他，青蛙的妈一边花钱买人命一边赔人家命钱，这么着家底子就没了。青蛙的妈一气之下撞在了客厅的大理石柱子上，没死，据青蛙说血把龙的眼睛都染红了。青蛙他爹的命总算保住了。

卖了几天扎啤后青蛙突然说自己要去参军了。九十年代征兵难，国家开出有利条件鼓励年轻人入伍，那两年光我就送走了五个关系不错的同学去当兵，这些人的家长送走儿子后个个如释重负，他们相信国家会还给他们一个更好的儿子。青蛙走的时候我从滕州市武装部跟着他们的队伍送到火车站，手里还拎着一个录音机，家驹在唱《海阔天空》。音乐的魅力立刻呈现出来，排队的新兵蛋子里有人掉了泪，青蛙却一脸兴奋的样子，我心里有些难过，可想想他闪光的未来也替他高兴，我大声喊，袁浩洋，加油！

镇关东

一九九六年前后我和朋友在滕州开了一家卡拉OK，其实就是一个音乐茶座，客人喝酒点歌，所有人挤在大厅里，人多的时候每张桌子只准唱一首，轮流来。

宝书的环球音像那时叫环球电器，改卖进口电视机、影碟机之类的。我们店里的音响设备都是找他买的，他的进口电器比别人的国产货还便宜，二十五英寸索尼大彩电三千块钱，倍儿清楚，全是假货。我一直认为宝书是我生命中的一个贵人，从他那儿我听到过的歌影响了我后面的人生。那时候我们谈话已经没什么顾忌，我问他八十年代是不是因为卖黄色录像带被抓，他没正面回答，只是说当时和镇关东一起游的街，自己只是个小儿科，属于陪绑。他说的镇关东，一九八三年就给枪毙了，是我们那儿的一个地痞头子。不过经过添油加醋提炼升华，他被塑造成了一个行侠仗义、劫富济贫的人，和镇关西的形象相差千里。不知道究竟他犯过哪些罪又积过多少德，但毕竟只是一介草莽，在真正的洪水猛兽面前连脖子都不能抬一下。传言说枪毙镇关东时他的一帮兄弟企图劫刑场，我觉得八成是传言的人造谣。那年人心惶惶，大人们总是私下里议论着什么，连我和哥哥在街上玩耍都被勒令提前回家，他们总吓唬我们有人在暗处盯梢呢。

我爹

九十年代的很多时间里我爹都处于失联的状态，有时到年三十儿才回来，待上几天就又不知去向了。我爹到老了的时候回忆说，当年他决定做生意时一点本钱没有，于是找银行贷款，几十万的债务，突然有一天银行和信用社分家要把贷款全部收回去，他只能借私人的钱补，亲戚朋友认识的全借遍了就开始借高利贷，窟窿越补越大。那些日子只要我们家大门一响，我们娘儿几个都有条件反射，因为全是催债的，公家的还好，就害怕亲戚或黑道上的，前者愧疚后者害怕。一九九五年，我妈觉得自己的儿子在这样的环境下生活太过委屈，于是给我哥买了张火车票把他送上了火车，十八岁的他开始"北漂"。男儿志在四方，五年后我也跟着来到了北京。现在回头看，我爹压根儿就不懂做生意。我也一样，我的音乐茶座没到一年就倒闭了。

故事

关于做生意，我们那儿还流传着这么一个故事。刚进入八十年代的时候，有两个精明的南方人坐火车路过滕县，他们透过车窗隐隐看到远处一座佛塔，其中一个人相传眼睛能看到一些常人看不到的东西，他盯着塔看了一会儿，这时火车刚好停靠滕县车站，于是他便拉着另外一人匆匆下了车。此塔名龙泉塔，始建于什么年代无从考证，有说宋代便有了。原来塔是建在寺里面的，可那些庙宇佛堂不知道在什么时候都相继被毁掉了，只剩下这座高四十多米的佛塔。据说长了火眼金睛的南方人看见塔底部有五个埋藏已久的金佛头。后来滕县的老百姓恨死了他们，宝贝被别人就这么轻易拿走了，最可恨的是自己从来就不知道有这些个宝贝。于是他们开始反击，八九十年代滕县一拨人开皮包公司专门欺诈南方客户，近则江浙远则福建广东，骗钱骗货声名狼藉。故事有多少真实性实在说不好，不过从此滕县生意人的口碑在外面臭了起来。我爹那时候去南方进货，不把全部货款付清没人敢给发货。

再见了，友谊

一九九六年我爹的生意彻底破产，法院封了我们家房子我们被迫搬出。他们雇了两个拉三轮车的车夫把我们家的东西一件一件往外抬，大门前的那条街堆满了我家的破破烂烂，执行的法官是个女的，她坐在我家的院子里让法警给她摘葡萄吃，那棵葡萄树被丢弃在院子里从此无人问津。没过多久，某个晚上我独自爬进了我们家的院子，让我感到惊讶无比的是满院子的野草早已齐过我腰，我试了几试竟没敢进到那空无一人的房间，一切都已消失。我和我妈我妹妹开始了居无定所的日子，东过一阵子西过一阵子，最多的时候一年换租过三次房子。那时候我的音乐茶座也刚刚关张，某天我竟碰到了刚复员的青蛙，他变化很大，说起普通话来，非要拉着我去舞厅。那是舞厅正火的日子，坏学生、小流氓、约马子钓凯子谈对象搞外遇所有人都在那里面。我看着青蛙和陌生的姑娘跳着贴面舞才明白，我们的友谊其实从他参军起就已经不在了。我想起我和青蛙友谊的建立是因为一碗馄饨。八十年代中期的滕县，物资不匮乏但也算不上丰富，油条五分钱一根儿，豆粥三分钱一碗，我和我哥每人每天早点的定量是两根儿油条一碗粥，每人都是一毛三分钱。可学校门口偏偏来了一个挑着扁担卖馄饨的老头儿，他的馄饨汤里会放一小包自制调料，像味精却不是，出奇的好吃，我至今没吃过能和它相媲美的馄饨，那绝不是记忆的味道，那是确确实实的美味。一碗馄饨一毛五，我买不起，青蛙每次都会给我二分钱。冬天的早晨天还没完全亮，我们俩吃完热乎乎的馄饨就成了好朋友。人在不同的阶段会有不同的朋友陪伴，总有人会突然地从你生活中消失，即使他还在那儿，那份感情也只会在回忆时才显得格外真挚。从我的音乐茶座关张到现在二十年过去了，我再没见过宝书和青蛙，前两年我回老家还问起过另外一个同学，袁浩洋现在搞汽车运输，家庭美满。至于宝书，一点消息也没有了。

七哥

一九九七年六月我在朋友的渔具店里打工，帮客人绑鱼钩，电视正放着柯受良驾车飞越壶口瀑布，我心里有些澎湃，同时为自己的状态感到失落。一个月后举国同庆的同时我遇见了我生命中另一个重要的人，孙傧，一个落魄吉他手，一面之后我决定拜师。音乐，我注定和它脱不开关系。孙傧有六个姐姐，排行老七（我一直叫他七哥），从小就给溺爱着，十八岁完婚后接了他爹的班在银行工作，天性顽劣的他哪受得了朝九晚五的日子，他迷上了摇滚乐，于是不顾老婆和刚刚出生的儿子，办了停薪留职准备一个人去北京闯荡。老婆岂能容忍他如此狠心，一怒之下和他离了婚带着儿子就此离去。单身后的孙俣更潇洒，拿了一笔钱就去了北京，直奔当时刚刚建立的也是唯一的摇滚学校，北京迷迪学校，成了该校的第一批学员。

两年的学业还没结束孙俣已经快玩腻了，来北京带的钱早已被挥霍光，他只能和很多当时的摇滚青年一样靠卖打口磁带换些钱来花，穷的时候他睡过桥下，吃喝更是能凑合就凑合，想想在家时生活上的优越简直和现在是天壤之别。北京是很多人的天堂也是很多人的地狱，孙俣最终没能在现实面前站稳脚跟，他背着一把价值不菲的电吉他和一大包卖不出去的打口磁带回到了滕州。

那年正好赶上国家开始实施下岗制，国有企业大规模裁员，孙俣虽是银行的职员但因长期不上班单位不同意他恢复工作。一不做二不休，他一气之下辞了职。他的父亲那时早已去世，年迈多病的老母亲一辈子没工作，只能靠六个出嫁的闺女偶尔救济些钱生活。孙俣没辙了，拿出他的吉他换上琴弦，开始到处张贴小广告，他要关起门来当老师教吉他。我在电线杆子上的小广告里发现了他。

　　孙傧骨子里的纨绔和朋克一直相互碰撞着，就连在外形打扮上他也是一个矛盾体。比如他会套件脏外套趿拉着鞋，顶着一头打绺的头发出门；有时他又西装笔挺，他的领带打得相当漂亮，领口一尘不染，头发上还打了发蜡。那时候他找了一个小女友，两个人在外面租了一个小院子，小女友的工作是隐蔽性的，拿回来钱他们就一起吃火锅。孙傧在北京时爱上了北京的涮羊肉，回到老家就想吃这一口，那个小院儿经常会飘出羊肉的膻味。我从他那里听到了大量从来没有听过的西方摇滚乐，那感觉太奇妙了。孙傧不是一个好师父，除了我和另外一个半途而废的学生，他再没收到过学徒，自己的技艺也算不上好，不过对于当时的我来说他就像上帝一样。多年后我从北京回去看他时他依旧没工作，那段时间他疯狂地迷上了跳国标舞。那是一次奇怪的聚会，他当年的小女友做东，当时在场的还有一个男人，他和孙傧根本不认识，那个女的就坐在男人腿上吃了一晚上，我无法形容那个男人的猥琐形象，总之穷极你的想象也

勾勒不出一个人在公共场合的下流程度，孙傃那天西装
领带，吃得从容不迫。

善园

　　善园一滴水也没有了，只有晚风徐徐吹过。昔日这
里是滕州的水上商场，后来成了"红灯区"，一家挨
一家，胭脂红粉墙花路柳，让每个路过的男人都会心
动。善园，出自孟子之口，古时他来滕讲学看到民安物
阜便称善国也，从此千古流传。没想到千年后这里成
了楚馆秦楼，倒是建这个园子之前的名字听起来与之
更契合，滕州人当年管它叫养鱼池。一九九七年前后
我把从宝书手里买来的彩电、影碟机、功放、音响全
部卖给了善园里的某家门店，换来了一小部分钱和姑
娘悦耳的笑声。

　　前年我回滕州办事路过这里想起了孙傃，我已经好
多年没见过他了，他的QQ一直是黑的，手机号也早
就成了空号。他家就在善园附近，如今这里是滕州最繁
华的街段，整条街成了购物聚集地，行人熙来攘往。我
穿过老善园一带，绕来绕去最终找到了孙傃家的旧址，

可早换了样，现在全是鳞次栉比的小区楼，打听了多人
也没问到，只能扫兴而归。走在滕州的街上我像是一个
标准的异乡客，已经辨认不出大部分地方，恰巧耳机里
是陈升的《老嬉皮》，特别应景，只不过他是在异乡流
浪，我是在故乡迷路。以前的府前路成了商业步行街，
两排梧桐树也早不知去向，小清河河岸被改造得有模有
样，河水虽没有当年的恶臭但离清澈透明还有很长的水
要流。我想起幼时爱去玩耍的两个地方，鬼屋和新星电
影院，遂决定去转转。于是让朋友开车带我过去，让我
想不到的是朋友竟不知道鬼屋在什么地方。

鬼屋

　　鬼屋其实是老滕县麻风医院旧址，一千三百平方米
的西洋楼群，四周用一道大墙把它们与世隔绝。淘气的
孩子总是喜欢刺激，越是大人不让去的地方我们越心生
向往，八十年代中后期我和青蛙没事就会偷偷跑到那里
去玩耍。那时的麻风医院已经停用早就不再收治病人，
可仍旧有一些康复后无处可去的老人住在里面的平房
区，由于他们都得过麻风病长得不是面目狰狞就是肢体

缺失，看上去极其恐怖。他们很少出现在硕大的园子里，有时能看到三两个老人晒太阳，听到有人进去他们便匆匆消失，给这里又增添了许多阴森感。我和青蛙每次去都害怕碰见他们，可又有一种说不清的东西吸引着我们放了假就往那儿跑，再加上园子里种满了槐树，一座座破败的洋楼，偶尔平房区升起的炊烟，分明就是鬼屋。一直到了很久很久以后，我才知道了这片楼群的故事，当我听完这个真实的故事后无法抹去心里的感动。

清末民初，一个叫罗米阁的传教士漂洋过海来到滕县开布道传福音，之后他在滕县北坛附近购买了大片土地成立了当时的华北基督教长老会，除此之外他还创办了华北神学院、华北弘道学员、华北孤儿院、华北医院，在当时是有名的"滕县五北"。一九一〇到一九二〇年前后陆续有一些牧师从美国来到滕县传道，这里面有一位叫道德贞的修女。当时麻风病正肆意猖獗，发病的病人受到莫大的歧视，有的甚至被活活烧死，他们被逼四处流离，很多人冻死、饿死在山间荒野。道德贞修女见此状后向美国教会求助，筹到善款后成立了孤贫会，同时作为鲁南和苏北地区最大的麻风医院用来收治病人。一九三七年战乱后，道德贞不得不在多次收到日本人警告后回国，临走时她把毕生积蓄拿出来并委托乡绅用来日后救治病人。一直到解放后很久这里都在接收麻风病人。"文革"期间这里成了红卫兵的作战部，可能是害怕那些麻风病人，没过多久他们便撤离了，临走时那些西式洋楼被毁得千疮百孔。

一九八九年夏的某个周末，空气异常闷热，天上的乌云久久不散，我心里期盼着大雨倾盆可始终没一丝动静。我从青蛙家出来（记不得当时他为何没和我同行）径直跑去了鬼屋。刚进去我就撞见了死人，确切说是一个刚刚死去的人躺在一辆排车上，排车由一个穿白大褂、戴着墨镜和口罩的人拉着前行（那里虽不再作为麻风病人的救治中心，但因为一些患病老人终年住在那里，政府安排了一些看护人）。那个拉车人的头低着，他穿过一幢幢小洋楼和槐树林从我身边经过，头始终没有抬一抬。我看到排车上躺着的死人被草席子捆扎着，头露在外面，那是个麻风病人，他脸上没有鼻子只有两个鼻孔。这个镜头从此留在我脑袋里再也忘不掉，不知为何当时我一丝害怕的感觉都没有。回去的路上雷声四起，不一会儿就下起了大雨。那年的雨水有些咸咸的味道。

华北基督教长老会的地契依然在外国传教士的后代

手里，多年来无数官商动过那里的主意，但外国友人始终不让动，他们同意政府在那里建造免费使用的公共场所，但禁止一切商业营利。二〇〇四年一场无名大火将那里化为灰烬，大火过后人们纷纷议论究竟这里是个什么地方，百年的恩情啊！也化为灰烬随它去吧……

鬼屋现在叫弘道公园，复建了当年的小洋楼，免费开放。后来朋友开车带着我过去，恰巧赶上多年难遇的一夜大雪后，我躺在公园里的雪地里不愿离开，风吹得脸上像刀割了一样。

新星电影院

成长中有烦恼，但更多留给我的是开心，比如那些伴随我成长的电影，有的喜有的悲，有的无聊有的心跳，它如此吸引我，让我流连忘返。滕县新星电影院建于一九八〇年，是当时最大的电影院，和它差不多时期的还有滕县革委礼堂、政府礼堂，也放电影，但都没新星电影院在我心中的位置重要。童年时候基本上是我妈带我去，她是个电影狂热分子，那个年代的《大众电影》杂志她一期不落地买。

一九八二年，我妈带着我哥和我在新星电影院一起看了那部著名的《少林寺》，回去我没有跟着我哥一起练武而是哼起了《牧羊曲》，我不喜欢李连杰，他竟然把牧羊犬给吃了。

我记得看得最早的一部外国电影可能是苏联拍摄的《机组乘务员》，当时不知道这种类型电影叫灾难片，看到最后我被吓坏了，如身临其境。我到现在坐飞机还吓得要命很大程度是因为这部电影。

看完《海市蜃楼》后我跟班里的同学吹牛说，我在天上看见了大海，这话差点连我自己都信了。

有一次我妈带着我和堂姐一起看电影，放映的是什么没印象了，影片正演到高潮有人大喊地震了，我妈抓起我和堂姐的手就往外跑，所有人乱成一团。最后才知道是小流氓在搞恶作剧。

还记得《野鹅敢死队》吗？我被队长最后的死感动哭了，不骗你。

大人们的精神世界最后都被现实生活瓦解，九十年代我爹开始经商后我妈再没看过电影，连《大众电影》杂志也都当废纸卖了。初中时我顺利进入叛逆期成了一名合格的坏学生，电影院是我和青蛙逃课后最常去的地方，那时我只要弄到钱除了买磁带就是看电影，没钱就逃票看。新星电影院南侧有个大铁门，翻进去就是影院大厅外面的院子，一间公共厕所，从那里可以直通大厅。大铁门上见身手，"翻墙敢死队"队员在当年那也是一批批的。后来这条路被影院工作人员发现，"队员们"经常是翻到半截还没跳时他们来个两面夹击，我一直幸免于难，青蛙被抓过，一般是罚款，没钱踢两脚也就给放了。

　　一九九〇年前后我和青蛙周末去看一部风格诡异的伦理电影《地狱·天堂》，白天的非黄金时段影院里人并不多，加上那是一部晦涩难懂且恐怖的片子，观众更是稀稀拉拉没几个。我正被电影剧情弄得一头雾水，突然腰间就被一个东西抵住了，两个流氓把我和青蛙夹在了中间，抵住我腰的是一把刀。流氓把我们身上为数不多的钱洗劫一空，我俩吓到腿软。被劫反倒成了炫耀的资本，那阵子我常对别人说，你知道那刀子有多长吗？说着还得用手比画，腿软的事当然是缄口不言。九十年代中期去电影院看电影的人越来越少，昔日影院门前排大队的景观再也看不到了，新星电影院濒临倒闭，为了促销影院开始放连播，像录像厅一样，一张票可以看三个片子，不清场随时进，但无论怎样变花招也已无力回天。虽然我对那些嘈杂的录像厅很不屑，可终究难敌电影的诱惑，只能转战到那里，九十年代的香港电影大多都是在录像厅里才能看到。不过电影院始终是个高级的地方，比如谁会把女孩儿约到录像厅呢。一九九三年我在新星电影院的昏暗里把初吻献给了身边的姑娘，并不浪漫，姑娘是高我一级的学姐，比男生还叛逆，略有口臭。虽然我的初吻不十分理想，但当时的确没心思关注电影的剧情了。

　　新星电影院拆了，现在叫新星国际影城，在原来的地方重建的。

北上

　　九十年代后期，我和我妈还有我妹妹过着居无定所的日子。我妈单位不景气提前办了内退，退休金也不按时发，我在朋友渔具店帮忙，工资还不够我自己花的，最困难的时候我妈去菜场捡人家卖不出去的剩菜。我只有去孙倏家练琴的时候才开心，他劝我走，离开这儿。我妈看出了我的心思，虽不舍但还是鼓励让我出去闯。

儿行千里母担忧，临走前我妈给我包了饺子还炖了鱼，看着我和妹妹吃，不觉她已老泪纵横。我心里其实特别矛盾，可我知道我要离开滕州了，我已经不再喜欢它了。

二〇〇〇年春，我坐上了去北京的火车，脑子里的前方是比环球音像店还要牛一万倍的音乐天堂，我憧憬着将来。火车上拥挤不堪，乘务员说，花生瓜子八宝粥，声音洪亮。老家离我越来越远，车窗外龙泉塔早被林立的高楼遮挡住，当年南方人北上盗走了宝藏，如今我也北上去寻找我的宝贝理想。我和窗外告别，和我的整个八九十年代告别。

一晃十七年过去了，我现在是个没什么人知道的三流歌手，此刻我在北京通州租来的房子里回忆往事写下这些，然后戴上口罩去遛狗，红色预警后街上的人比以往还要行色匆匆，连小狗拉完屎也不愿在外面多待一会儿。这里的空气现在可以杀人，去他妈的宝贝理想，我只想远离这个城市。

二〇一六年十二月二十二日

图书在版编目(CIP)数据

大席宴 / 刘东明著 .-- 郑州 : 河南文艺出版社，2023.4

ISBN 978-7-5559-1506-5

Ⅰ . ①大… Ⅱ . ①刘… Ⅲ . ①小说集 – 中国 – 当代②
散文集 – 中国 – 当代Ⅳ . ① I217.2

中国国家版本馆 CIP 数据核字 (2023) 第 031443 号

大席宴

刘东明 著

责任编辑　　张　娟
特约编辑　　黄盼盼　李恒嘉
插画绘制　　李坤林
封面设计　　山川制本 workshop
内文制作　　陈基胜
责任校对　　殷现堂

出版发行　河南文艺出版社
本社地址　郑州市郑东新区祥盛街27号 C座 5楼
邮政编码　450018
承印单位　山东韵杰文化科技有限公司
开　　本　850毫米 × 1092毫米　1/32
印　　张　8.875
字　　数　130 000
版　　次　2023 年 4 月第 1 版
印　　次　2023 年 4 月第 1 次印刷
定　　价　66.00元